香 港 高 中 生

讀 必
古詩文

下
冊

文、賦（先秦至明）

必 讀 古 詩 文 系 列

責任編輯　　古　岳　張艷玲

書籍設計　　吳丹娜

書　　名　　香港高中生必讀古詩文（下冊）

編　　者　　鍾華　陳艷芳

出　　版　　三聯書店（香港）有限公司

　　　　　　香港北角英皇道 499 號北角工業大廈 20 樓

　　　　　　Joint Publishing (H.K.) Co., Ltd.

　　　　　　20/F., North Point Industrial Building,

　　　　　　499 King's Road, North Point, Hong Kong

香港發行　　香港聯合書刊物流有限公司

　　　　　　香港新界大埔汀麗路 36 號 3 字樓

印　　刷　　美雅印刷製本有限公司

　　　　　　香港九龍觀塘榮業街 6 號 4 樓 A 座

版　　次　　2015 年 7 月香港第一版第一次印刷

規　　格　　特 16 開（145 × 210mm）184 面

國際書號　　ISBN 978-962-04-3796-0

目　錄

逍遙遊（節選）

〔戰國·宋〕莊子

【引言】

　　莊子在先秦諸子百家之中可謂非常獨特的一位，我們讀孔子、孟子、荀子、韓非、墨子等人的文章，無論是議政還是說理，莫不覺得他們是正襟危坐、一本正經的。莊子可完全不同了，他喜歡在文章裏用寓言、神話，又運用各種不同的比喻，帶領讀者走進一個充滿奇幻想像的國度，說理靈活生動而形象化，豐富的想像力令文章妙趣橫生，這實在是莊子散文的獨特之處，令讀者印象深刻。

　　就以本篇《逍遙遊》為例，篇目所指的是一種無所依賴、逍遙自在的精神狀態。本篇節選文章所討論的主要是「小大之辯」的道理，篇中有不少大小、長短、多寡的比較。該如何讓讀者領略箇中不同呢？莊子運用無窮的想像力，先刻劃名叫「鯤」的大魚，以及化而為「鵬」的大鳥，這兩種生物的體積，竟有幾千里這麼大，這豈是一般的誇張手法？他在文中又寫蜩與鸒鳩是有思想、會說話的動物，牠們竟嘲笑大鵬鳥飛向南冥的志向，反而認為飛上榆樹、枋樹，作個短途的旅程之後，就已經非常滿足，還說去完一趟這樣的旅行後，肚子還是飽飽的，因而認為大鵬鳥為了遠征南冥是多此一舉的事！

文中還有水與大舟的比喻、古人湯與棘的對話、朝菌蟪蛄與冥靈大椿的對比，莫不豐富多彩。讀莊子的文章，很自然就會被他所描繪的大千世界吸引。現在就跟隨作者一同遨遊這奇幻的天地吧！

逍遙遊①（節選）

〔戰國·宋〕莊子

　　北冥有魚②，其名為鯤③。鯤之大，不知其幾千里也；化而為鳥，其名為鵬④。鵬之背，不知其幾千里也；怒而飛⑤，其翼若垂天之雲⑥。是鳥也⑦，海運則將徙於南冥⑧；南冥者，天池也⑨。

　　《齊諧》者⑩，志怪者也⑪。《諧》之言曰：「鵬之徙於南冥也，水擊三千里⑫，摶扶搖而上者九萬里⑬，去以六月息者也⑭。」野馬也⑮，塵埃也⑯，生物之以息相吹也⑰。天之蒼蒼，其正色邪？其遠而無所至極邪⑱？其視下也，亦若是則已矣⑲。

　　且夫水之積也不厚⑳，則其負大舟也

無力㉑。覆杯水於坳堂之上㉒，則芥為之舟㉓，置杯焉則膠㉔，水淺而舟大也。風之積也不厚，則其負大翼也無力㉕。故九萬里，則風斯在下矣㉖，而後乃今培風㉗；背負青天而莫之夭閼者㉘，而後乃今將圖南㉙。

　　蜩與鷽鳩笑之曰㉚：「我決起而飛㉛，槍榆枋㉜，時則不至㉝，而控於地而已矣㉞；奚以之九萬里而南為㉟？」適莽蒼者㊱，三餐而反㊲，腹猶果然㊳；適百里者㊴，宿舂糧㊵；適千里者，三月聚糧㊶。之二蟲又何知㊷？

　　小知不及大知㊸，小年不及大年㊹。奚以知其然也㊺？朝菌不知晦朔㊻，蟪蛄不知春秋㊼，此小年也。楚之南有冥靈者㊽，以五百歲為春，五百歲為秋；上古有大椿者㊾，以八千歲為春，八千歲為秋，此大年也。而彭祖乃今以久特聞㊿，眾人匹之[51]，不亦悲乎？

湯之問棘也是已⑤²：「窮髮之北⑤³，有冥海者，天池也。有魚焉，其廣數千里，未有知其修者⑤⁴，其名為鯤。有鳥焉，其名為鵬，背若泰山，翼若垂天之雲，摶扶搖羊角而上者九萬里⑤⁵，絕雲氣⑤⁶，負青天⑤⁷，然後圖南，且適南冥也⑤⁸。斥鴳笑之曰⑤⁹：『彼且奚適也⁶⁰？我騰躍而上，不過數仞而下⁶¹，翱翔蓬蒿之間⁶²，此亦飛之至也⁶³。而彼且奚適也？』」此小大之辯也⁶⁴。

【作者簡介】

　　莊子（公元前三六九至公元前二八六年），名周，宋國蒙（今河南省商丘市，一說今安徽省蒙城縣）人，戰國時期著名的思想家、哲學家、文學家，道家學派的代表人物。莊子是老子思想的繼承和發展者，為道家思想作了更進一步的闡釋和演繹，與老子並稱為「老莊」。莊子崇尚自由，曾做過短暫的漆園吏，之後再也不肯出仕。雖然他的生活貧窮困頓，卻鄙棄權勢名利，對統治者採取不合作的態度。他的思想主要見於《莊子》一書中，這本書共有三十三篇，分內篇、外篇、雜篇三部分。《莊子》中的文章具有濃厚的浪漫主義色彩，縱橫恣肆，想像豐富，富有極高文學價值。

【注釋】

① 《逍遙遊》：《莊子・內篇》的第一篇。「逍遙遊」是指無拘無束地遊於天地之間，意思是要求人擺脫功名利祿的枷鎖，從而達致精神上的自由。

② 北冥（粵 ming⁴〔明〕普 míng）：北海。冥，通「溟」，指海色深黑。

③ 鯤（粵 kwan¹〔昆〕普 kūn）：傳説中的大魚，有説其原型就是鯨。

④ 鵬：傳説中的大鳥。

⑤ 怒而飛：奮起而飛。怒：奮起、奮發的樣子。

⑥ 翼：翅膀。若：像。垂：通「陲」，邊際。垂天：天邊。

⑦ 是：這。

⑧ 海運：海動。海動之時有大風，大鵬可乘風南飛。徙：遷移。南冥：南海。

⑨ 天池：天然形成的大海。

⑩ 《齊諧》：古代的志怪小説集，記載詼諧怪異之事。唐代成玄英為《莊子》注疏時説：「姓齊名諧，人姓名也；亦言書名也，齊國有此俳諧（詼諧）之書也。」

⑪ 志怪：記載怪異之事。志：通「誌」，記載。

⑫ 水擊三千里：指大鵬展翅飛翔時翅膀拍擊水面，激起的浪花極高。水擊：指大鵬的翅膀拍擊水面。擊：拍打。

⑬ 摶（粵 tyun⁴〔圃〕普 tuán）：迴旋而上。扶搖：一種盤旋而上的大風。

⑭ 去：離開，這裏指離開北海。以：憑藉。六月息：六月的大風。息：氣息，這裏指風。

⑮ 野馬：指春天時，在野外游動的霧氣。古人認為春天萬物甦醒，大地上的游氣如野馬一般奔湧。

⑯ 塵埃：飄浮在空中的塵土。

⑰ 生物：指各種有生命的東西。息：生物的氣息。相：互相。吹：吹拂。這句指即使小如野馬、塵埃，也需要「以息相吹」，才能飄浮起來。

⑱ 「天之蒼蒼」三句：天色深藍，這是它真正的顏色嗎？還是它太高遠，以至於人們看不到它的盡頭，而無法知道它真正的顏色嗎？蒼：深藍色。其：或許。正色：真正的顏色。極：盡。邪：同「耶」，表示疑問的語氣助詞。

⑲ 其視下也：指鵬從天空向下看。下：向下。亦：也。是：這樣。已：罷了。

⑳ 且夫：表示遞進的連詞。水之積也不厚：積水不深。

㉑ 負大舟：承托大船。

㉒ 覆：倒。坳（粵 aau³〔拗〕普 ào）堂：屋前地上的小水坑。坳：低窪處。

㉓ 芥：小草。

㉔ 置杯焉則膠：將杯子放於水坑裏面就會擱淺。置，放下。焉：於此。膠：指着地。

㉕ 「風之積」二句：意思是風不夠大的話，就無法承托大鵬的翅膀。

㉖ 「故九萬里」二句：所以大鵬要飛九萬里的話，下面就必須有足夠大的風承載牠。斯：乃，就。

㉗ 而後乃今：這樣，然後才……。而後：然後。乃今：隨即，在此時。培風：憑藉風力。

㉘ 背負青天：指大鵬背對着青天。莫之夭閼（粵 jiu¹ aat³〔腰壓〕普 yāo è）：無所阻礙。夭：挫折。閼：阻止。

㉙ 圖南：計劃向南飛。

㉚ 蜩（粵 tiu⁴〔條〕普 tiáo）：蟬。鷽鳩（粵 hok⁶ gau¹〔學；高收切〕普 xué jiū）：斑鳩之類的小鳥名。笑之：嘲笑大鵬。

㉛ 決（粵 hyut³〔血〕普 xuè）：疾速的樣子。

㉜ 槍（粵 coeng¹〔昌〕普 qiāng）：觸碰，跌落。榆枋（粵 fong¹〔方〕普 fāng）：榆樹和枋樹。

㉝ 時則不至：有時候或許飛不到。時：有時。

㉞ 控於地：落到地上。控：落下。

㉟ 「奚以」句：哪裏用得着飛到九萬里的高空，去遙遠的南海呢？奚以：何以，何必。之：去，到。為：表示疑問的語氣助詞。

㊱ 適莽蒼者：到近郊去的人。適：去，往。莽蒼：本指郊野草木的顏色，這裏引申為近郊。

㊲ 三餐而反：一天的時間就回來了。三餐：吃三頓飯的時間，指一天。反：通「返」。

㊳ 腹猶果然：肚子還是飽飽的。

㊴ 適百里者：到百里外去的人。

㊵ 宿舂（粵 zung¹〔宗〕普 chōng）糧：在前一天的晚上把糧食舂好，意思是要多帶食物。宿：前一天晚上。舂糧：用杵（粵 cyu²〔草煮切〕普 chǔ）在臼（粵 kau⁵〔舅〕普 jiù）中搗米。

㊶ 三月聚糧：準備三個月的糧食。聚：聚集，準備。

㊷ 之二蟲又何知：這兩隻小動物又怎能知道呢？之二蟲：即是指蜩與鷽鳩。之：此，這，指示代詞。蟲：古代對動物的通稱。

㊸ 小知不及大知：小聰明比不上大智慧。知：通「智」，智慧。不及：比不上。

㊹ 小年：短命的。大年：長壽的。

㊺ 奚以知其然也：何以知道是這樣呢？然：如此，這樣。

㊻ 朝菌：一種菌類植物，朝生而暮死。晦：農曆每月最後一天。朔（粵 sok³〔四角切〕普 shuò）：農曆每月第一天。朝菌只有一天的壽命，所以不知晦和朔。

㊼ 蟪蛄（粵 wai⁶ gu¹〔胃姑〕普 huì gū）：寒蟬，春生夏死，或者夏生秋死，活不到半年，所以不知春和秋。

㊽ 冥靈：大樹名，一說為大龜名，其壽命都很長，有一千歲。

㊾ 大椿（粵 ceon¹〔春〕普 chūn）：上古傳說中的樹木名稱，壽命有一萬六千年。

㊿ 彭祖：傳說是堯的臣子，活了約八百歲，是有名的長壽者。乃今：如今。以：因為。久：指長壽。特聞：特別出名。

51 匹：比較。

52 湯之問棘（粵 gik¹〔激〕普 jí）也是已：商湯詢問棘的時候也是這樣說的。湯：商朝的開國君主商湯。棘：據說是商湯的賢大夫，商湯以

之為師。是已：是這樣，表示肯定。

(53) 窮髮：傳説中遙遠的不毛之地。髮：指草木等植被。

(54) 修：長度。

(55) 羊角：一種旋風，迴旋向上如羊角。

(56) 絕：超越。雲氣：雲層。

(57) 負：背對。

(58) 且：將要。

(59) 斥鴳（粵 aan^3〔晏〕普 yàn）：同「鷃」，池沼中的小雀。

(60) 彼：牠，代詞，指大鵬。

(61) 仞：古代的長度單位，八尺為一仞，一尺為三分之一米，一仞即約二點七米。

(62) 蓬蒿（粵 $pung^4$ hou^1〔貧窮切；蝦膏切〕普 péng hāo）：蓬和蒿都是野草的名稱。蓬蒿之間：即短距離。

(63) 飛之至：飛翔的極限。

(64) 此小大之辯也：這就是小與大的區別。小：指斥鴳。大：指大鵬。辯：通「辨」，區別。

【解讀】

《逍遙遊》是《莊子》的代表篇目之一，也是諸子百家散文中的名篇。想像瑰麗奇特，行文汪洋恣肆，具有強烈的浪漫主義色彩。所謂「逍遙遊」，是指無所憑藉、自由自在地遨遊於無窮的境界，是莊子哲學思想的重要組成部分。本文節選了《逍遙遊》中的前六段，作者運用想像、誇張、比喻、擬人等藝術手法，列舉了鯤、鵬、野馬和塵埃、蜩與鷽鳩等例子，寓説理於生動的寓言故事之中，説明了「萬物皆有所待（憑藉、依靠）」的道理。

首先，作者開篇講述傳説中巨大的鯤、鵬，用極為誇張的手法，描寫了它們的活動特徵。大鵬有幾千里之大，飛起來的時候非

常壯觀，它的翅膀像「垂天之雲」。每當海動的時候，大鵬拍擊水面，憑藉六月的大風飛向南海，能飛到九萬里的高空。所以，即使如此巨大的大鵬鳥，也是「有所待」的，牠必須依靠六月的大風，才能飛上高空，到達南海。巨大的動物固然要依靠外界的力量，那麼微小的事物是不是就不用「有所待」呢？答案依然是否定的，即使微小如塵埃，也必須「以息相吹」，才能飄浮起來，在田野裏遊蕩。作者以水負大舟和芥草為舟做例子，說明大鵬和塵埃所憑藉的條件雖然不同，但都是「有所待」而不自由的。然後，作者以蜩與鸒鳩為例，嘲諷了某些自以為達到逍遙境界、但實質上仍然是「有所待」的人。蜩與鸒鳩飛得不高、不遠，卻自以為是，嘲笑大鵬高飛遠行的壯舉。即使是人類，趕路遠近不同，所需要準備的糧食分量也不一樣。蜩與鸒鳩不明白箇中道理，反而妄自尊大，其言行十分可笑。

其次，作者論述了「大小之辯」，指出萬事萬物都受到一定限制，無法獲得真正的自由。朝菌朝生暮死，不知晦朔；蟪蛄春生夏死，不知春秋。他們的生命太短暫，無法與「五百歲為春，五百歲為秋」的冥靈、「八千歲為春，八千歲為秋」的大椿相比，而人類也無法與八百歲的彭祖相比。所有事物都受到客觀條件的限制，無法獲得絕對的逍遙自由。然後作者引用商湯和棘的對話，再一次描繪了鯤和鵬的神奇變化，以及大鵬展翅高飛的壯觀場面，也引述了小鳥對大鵬的嘲諷。在這裏，作者有意在內容上將前文重複，加深讀者對「小大之辯」的理解。同時又與文章開頭呼應，凸顯了大鵬的高大雄偉與小鳥的渺小卑微。

本文縱橫馳騁，行文恣肆，上天下海，縱橫古今，既記述了高飛九萬里的大鵬，又描寫了低飛數仞的蜩、鸒鳩、斥鴳；不僅寫到了短命的朝菌、蟪蛄，更提及了長壽的冥靈、大椿和彭祖。充分體現了莊子散文的浪漫主義色彩，具有極高的文學和藝術價值。莊子運用豐富的想像，幻想出巨大的鯤和鵬與能說會笑的蜩與鸒鳩，並運用誇張、擬人、比喻等藝術手法，賦予牠們瑰麗奇特的色彩，極

富張力。莊子還使用了大量寓言故事，如大鵬高飛、蜩鳩譏笑，使文章說理更加透徹，至於引用《齊諧》的內容、湯和棘的對話，都與文章交相輝映，產生了動人的藝術魅力。

【文化知識】

道家

道家是形成於春秋戰國時期的一個思想流派，以老子、莊子為代表，以「道」為核心，主張「道法自然」、「無為而治」，對後世的政治、宗教、學術等範疇產生了巨大的影響。老子是道家學派創始人，他提倡「道」，以「道」解釋宇宙萬物的演變，他所寫的《老子》，當中有不少地方運用了唯物辯證法。至於莊子，則繼承並發揚老子的學說，認為事物的運轉是有其客觀規律的。莊子追求絕對的自由，主張順應自然。莊子文采斐然，其散文作品想像奇特，妙趣橫生，具有浪漫主義的風采，與老子截然不同。

【練習】

（參考答案見第 164 頁）

❶ 作者通過水負大舟和芥草的例子說明了甚麼道理？這跟大鵬鳥的故事有何關係？

❷ 蜩、鷽鳩（第四段）及斥鷃（第六段）為何「笑」大鵬鳥？

❸ 作者在文中引述《齊諧》的內容、「湯之問棘」，又寫蜩與鷽鳩的對話、斥鷃的嘲笑等內容，這種寫法可帶來甚麼效果？

勸學（節選）

〔戰國‧趙〕荀子

【引言】

　　後人一般把荀子和孟子同歸儒家學派，然而李斯和韓非皆為荀子的門生，承襲荀子「性惡」論而衍生法家的治國之方，與儒家提倡的行王道可謂大相逕庭。那麼，荀子為何會被歸到儒家門下呢？

　　原來荀子與孟子同樣崇奉孔子，主張人應提升其道德修養，終至聖人之境。然而二人對人性的詮釋有異，故達至目標的途徑亦有所不同。孔子提出了仁、義、禮的概念，而強調「仁」，孟子強調「義」，而荀子則重「禮」。孟子提倡人性本善，認為人皆有惻隱、羞惡、辭讓、是非之心，只要保存和發揚此四善端，培養內心的浩然之氣，可以成就仁義禮智之德；然而荀子反對孟子之説，他在《性惡》篇開首提出了「人之性惡，其善者偽也」的觀點。為了糾正人性本惡之弊，荀子主張「故必將有師法之化，禮義之道，然後出於辭讓，合於文理，而歸於治」，可見荀子對「禮」的重視。

　　但是，怎樣才可令人知禮？荀子在《勸學》篇有謂：「禮者，法之大分，類之綱紀也。故學至乎禮而止矣。夫是之謂道德之極。」這不就點明了「學」與「禮」之間的關係？《勸學》篇乃《荀子》一書的首篇，旨在鼓勵學習。以下所選的節錄主要講述為學的重要性，主張「學不可以已」，認為學習是終身的事。他認為「君子博學

而日參省乎己，則知明而行無過矣」，「學」具有提升智慧、減少犯錯的作用，立論清晰。

勸學①（節選）

〔戰國·趙〕荀子

君子曰②：學不可以已③。青，取之於藍④，而青於藍⑤；冰，水為之，而寒於水。木直中繩⑥，輮以為輪⑦，其曲中規⑧。雖有槁暴⑨，不復挺者⑩，輮使之然也。故木受繩則直⑪，金就礪則利⑫，君子博學而日參省乎己⑬，則知明而行無過矣⑭。故不登高山，不知天之高也；不臨深谿⑮，不知地之厚也；不聞先王之遺言，不知學問之大也。

【作者簡介】

荀子（約公元前三一三至公元前二三八年），名況，字卿，趙國安澤（今山西省臨汾市）人，戰國時期著名的思想家、文學家，

儒家學派代表人物之一。荀子曾遊歷齊、秦、楚等國，宣揚自己的學術、政治、哲學思想，還做過齊國稷下學宮祭酒（掌管教育）和楚國的蘭陵（今山東省蘭陵縣）令。荀子是儒家思想的集大成者，對儒家思想加以篩選和發展。不同於前人所提出的「法先王」，荀子主張「法後王」（《儒效》），即向近世的君王學習。與孟子的「性善」論相反，荀子主張「性惡」論，認為人性本惡，需要以禮法來教化，強調後天教育的重要性。荀子還主張人定勝天，人可以「制天命而用之」（《天論》）。他的學説主要體現在其著作《荀子》之中。《荀子》共三十二篇，論説主題極廣，涉及哲學、倫理、政治、經濟、軍事、教育等多個範疇，其文章觀點明確，論述嚴謹，長於説理，標誌着中國古代議論文的完全成熟。

【注釋】

① 《勸學》：《荀子》首篇文章，鼓勵人學習，不能停止。勸：鼓勵。

② 君子：這裏指有學問、有修養的人。

③ 已：停止。

④ 青，取之於藍：靛（粵 din⁶〔電〕普 diàn）青是從藍草中獲取的。青：靛青，一種染料。藍：指蓼（粵 liu⁵〔了〕普 liǎo）藍，一種草本植物，葉子含藍汁，可以做藍色染料。於：自，從。

⑤ 青於藍：比蓼藍（更）深。於：勝過。

⑥ 木直中（粵 zung³〔眾〕普 zhòng）繩：木材合乎拉直的墨線。中：合乎。繩：繩墨，木匠取直的工具。

⑦ 輮（粵 jau⁴〔柔〕普 róu）以為輪：扭曲（木條）做成輪子。輮：通「揉」，彎曲木條成為車輪外框。以：把。為：當作。

⑧ 曲：（車輪外框）彎度。規：圓規，畫圓的工具。

⑨ 有（粵 jau⁶〔又〕普 yòu）：通「又」。槁：乾枯。暴（粵 buk⁶〔僕〕普 pù）：同「曝」，曬。

⑩ 復：再次，回復。挺：挺直。

⑪ 受繩：用墨線量過。

⑫ 金：金屬。就礪：在磨刀石上磨。就：靠近。礪：磨刀石。利：鋒利。

⑬ 博學：廣泛學習。參（粵 caam¹〔千三切〕普 cān）省（粵 sing²〔醒〕普 xǐng）乎己：每天多次反省自己。參：一說「檢驗」，一說同「三」，表示多次。省：反省。乎：介詞，於。

⑭ 知（粵 zi³〔智〕普 zhì）：通「智」，智慧。明：明達。行無過：行為沒有過錯。

⑮ 臨：靠近。深谿（粵 kai¹〔溪〕普 xī）：深谷。

【解讀】

《勸學》是《荀子》一書的首篇，也是名篇。勸學，就是鼓勵人學習的意思。《勸學》以「學不可以已」作為貫穿全文的中心思想，有系統地論述學習的理論和方法。本書節選了《勸學》的第一段。這一段開門見山地提出中心論點：學習是不能夠停止的。然後列舉例子論述學習的重要性。

靛青的顏色雖然是從藍草中提取出來的，卻比藍草的顏色更青；冰雖然是由水變成的，卻比水的溫度要低。這兩個比喻意在說明，人經過學習之後，才能有所提高，能夠超越原來的自己，甚至自己的老師。接着，文章進一步以比喻說理：筆直的木頭經過輮製之後做成車輪，就會變得渾圓，即使放到太陽底下曝曬，也不會回復到原來畢直的狀態了。荀子提出「性惡」論，認為人性本惡，必須經過後天的教化才能變成善良，所以荀子非常重視教育的作用。這個比喻說明，先天的影響雖然重要，但是後天的努力才是決定性的，它可以改變人的本性。即使「性本惡」的人，也可以通過學習、教育，變成一個合乎道德規範的人，這對學習者來說是一個非常大

的鼓勵。

木材被墨線量過後就會變直，金屬製成的刀劍在磨刀石上磨礪過後，就會變得鋒利。這就像君子如果能每天廣泛學習，並且勤於反省自己的話，智慧就會變得明達，行為上也沒有甚麼過錯。這一句話用比喻引出道理，説明每天學習的重要性：不登上高山，就不知道天空的高遠；不靠近深谷，就不知道大地的深厚；不聆聽聖賢的教誨，就不知道知識的無窮無盡。這一組排比句繼續論證學習的重要性，説明每個人的知識都是有限的，所以才需要不斷學習，擴闊視野。

這一段論述開篇點題，觀點明確，説理深入淺出，通曉暢達。在論證的時候，作者運用了大量比喻，使説理更加簡單易懂，文句更加生動形象。而對偶句、排比句的恰當運用，增添了説理的氣勢，提升了文章的藝術感染力。其中「青，取之於藍，而青於藍」，演化為成語「青出於藍」及諺語「青出於藍勝於藍」，成為了千古流傳的名句。

【文化知識】

性善論與性惡論

孟子主張「性善」，認為人之初，性本善，所以才會在仁、義、禮、智等倫理道德方面有所追求，「性善」論是人們提升道德修養、實行王道仁政的理論依據；而在他之後的荀子則提出「性惡」。荀子認為人性本惡，需要後天的不斷學習來改造。人性就是人的自然本性，人在物質生活方面貪婪自私，與社會所提倡的道德規範相衝突。所以，後天的環境與發展是很重要的，進而説明禮樂教化不容忽視。其不同之處，在於孟子認為人性本善，而荀子則強調人要經過後天的學習、發展才會達到「善」的境界，從而強調學習的重要性。

❶ 作者以「青，取之於藍，而青於藍；冰，水為之，而寒於水」的
　比喻說明了甚麼道理？

❷ 「故不登高山，不知天之高也；不臨深谿，不知地之厚也；不聞
　先王之遺言，不知學問之大也。」這一組句子運用了甚麼修辭手
　法？運用這種修辭手法有何作用？

❸ 本篇題為《勸學》，你認為文章能否達到鼓勵學習的效果？試抒
　己見。

定法

〔戰國‧韓〕韓非子

【引言】

　　有謂韓非子是法家思想的集大成者，那麼我們應先了解一下韓非子之前的早期法家學派，出現了哪些人物，以及他們提倡了甚麼思想：申不害主張人君用「術」，認為這是賴以操縱和駕馭臣下的權謀，主張君主應「因任而授官，循名而責實，操殺生之柄，課羣臣之能者也」，終達控制臣下的目的；慎到主張「勢」，認為君主有位便有勢，君主只要把一切權力集中到自己的手上，就能震懾臣下；商鞅則主張「法」，《定法》亦有論及「法者，憲令著於官府，刑罰必於民心，賞存乎慎法，而罰加乎姦令者也，此臣之所師也」。商鞅認為君主應按臣民守法與否來給予獎賞或刑罰，從而鞏固君主的統治，叛亂之事就不會發生。韓非子則把以上三項綜合起來，並於當中不完善的地方予以批評，令法家的思想體系更為完備。

　　《定法》主要就「術」、「法」兩方面進行論述，韓非子以一問一答的形式，層層剖析君主治國時法、術二者缺一不可，最後一部分的問答更點出申不害之術、商鞅之法的流弊，認為前者主張「治不逾官，雖知弗言」，會令君主不能靠臣下作為耳目，以了解全國各地情況；又批評後者以戰場上的殺敵之功換取官職，就如同讓這些

勇武之人當醫者、工匠一樣，才能與職位不相稱，終必令國家產生
亂局。韓非的論述條理分明，論證技巧變化多端，且文氣充沛，誠
為議論文之佳作。

定法①

〔戰國·韓〕韓非子

問者曰②：「申不害、公孫鞅③，此二
家之言孰急於國④？」

應之曰⑤：「是不可程也⑥。人不食，
十日則死；大寒之隆，不衣亦死⑦。謂之衣
食孰急於人，則是不可一無也，皆養生之
具也⑧。今申不害言術，而公孫鞅為法。術
者，因任而授官⑨，循名而責實⑩，操殺生
之柄⑪，課羣臣之能者也⑫，此人主之所
執也⑬。法者，憲令著於官府⑭，刑罰必
於民心⑮，賞存乎慎法，而罰加乎姦令者
也⑯，此臣之所師也。君無術則弊於上，
臣無法則亂於下⑰，此不可一無，皆帝王

之具也⑱。」

問者曰：「徒術而無法⑲，徒法而無術，其不可何哉⑳？」

對曰：「申不害，韓昭侯之佐也㉑。韓者，晉之別國也㉒。晉之故法未息㉓，而韓之新法又生；先君之令未收，而後君之令又下㉔。申不害不擅其法㉕，不一其憲令則姦多㉖，故利在故法前令則道之㉗，利在新法後令則道之，利在故新相反，前後相悖㉘，則申不害雖十使昭侯用術㉙，而姦臣猶有所譎其辭矣㉚。故託萬乘之勁韓㉛，十七年而不至於霸王者，雖用術於上，法不勤飾於官之患也㉜。公孫鞅之治秦也，設告相坐而責其實㉝，連什伍而同其罪㉞，賞厚而信，刑重而必㉟，是以其民用力勞而不休，逐敵危而不卻㊱，故其國富而兵強。然而無術以知姦㊲，則以其富強也資人臣而已矣㊳。及孝公、商君死，惠王即位㊴，秦法未敗也，而張儀以

· 19 ·

秦殉韓、魏⁴⁰。惠王死，武王即位⁴¹，甘茂以秦殉周⁴²。武王死，昭襄王即位⁴³，穰侯越韓、魏而東攻齊⁴⁴，五年而秦不益一尺之地⁴⁵，乃城其陶邑之封⁴⁶；應侯攻韓八年⁴⁷，成其汝南之封⁴⁸。自是以來⁴⁹，諸用秦者，皆應、穰之類也⁵⁰。故戰勝則大臣尊⁵¹，益地則私封立⁵²，主無術以知姦也⁵³。商君雖十飾其法，人臣反用其資⁵⁴。故乘強秦之資⁵⁵，數十年而不至於帝王者⁵⁶，法不勤飾於官，主無術於上之患也⁵⁷。」

問者曰：「主用申子之術、而官行商君之法，可乎？」

對曰：「申子未盡於法也⁵⁸。申子言『治不逾官，雖知弗言⁵⁹』。治不逾官，謂之守職也可⁶⁰；知而弗言，是謂過也⁶¹。人主以一國目視，故視莫明焉；以一國耳聽，故聽莫聰焉⁶²。今知而弗言，則人主尚安假借矣⁶³？商君之法曰：『斬一首者爵一級⁶⁴，欲為官者為五十石之官⁶⁵；斬

二首者爵二級，欲為官者為百石之官。』官爵之遷與斬首之功相稱也[66]。今有法曰[67]：『斬首者令為醫匠。』則屋不成而病不已[68]。夫匠者，手巧也；而醫者，齊藥也[69]；而以斬首之功為之，則不當其能[70]。今治官者，智能也；今斬首者，勇力之所加也[71]。以勇力之所加，而治智能之官，是以斬首之功為醫匠也[72]。故曰：『二子之於法術，皆未盡善也[73]。』」

【作者簡介】

韓非子（約公元前二八零至公元前二三三年），本名非，戰國末期韓國新鄭（今河南省新鄭市）人，師從儒家著名學者荀子。他是韓國貴族，出使秦國時得到秦始皇的賞識，被召喚入秦，委以重任。後來韓非的同窗秦國丞相李斯提出統一天下的計劃，首要目標就是韓國，受到韓非強烈反對，致使韓非被李斯謀害，投入監獄毒死。韓非是法家思想的集大成者，繼承了前期法家學者的思想，提出法、術、勢相結合的理論，符合當時君主的政治需求和歷史的發展趨勢，被後世尊稱為「韓非子」或「韓子」。韓非的文章尖銳犀利，切中要害，說理精密，議論精闢。他還創作了許多寓言故事，當中不少演變為至今依然家喻戶曉的成語，如「自相矛盾」、「守株待兔」、「濫竽充數」等。韓非的作品主要輯錄在《韓非子》一書中。

【注釋】

① 《定法》：確定法度，見於《韓非子》第十七卷。雖以「法」為題，「術」亦在其中。

② 問者：發問的人。在這裏只是一個虛構的人物。

③ 申不害（約公元前四二零至公元前三三七年）：戰國時期法家重要代表人物之一，主張用「術」來駕馭臣下。曾任韓國丞相，主持變法，著有《申子》。公孫鞅（公元前三九零至公元前三三八年）：其封地在商，所以世稱商鞅，法家代表人物，主張「法」，著有《商君書》。在秦國主持「商鞅變法」，使秦富國強兵，成為由弱轉強的轉捩點。可惜支持變法的秦孝公死後不久，商鞅就被譖害而死。

④ 孰急於國：哪一家學說是治國者最急需的？孰：哪一。

⑤ 應：回答。

⑥ 程：比較。

⑦ 隆：極，頂點。衣（粵 ji³〔意〕 普 yì）：這裏作動詞用，指穿衣服。

⑧ 養生之具：維持生命所具備的事物。

⑨ 因任而授官：依據才能授予官職。因：依靠。任：能力。授，給予。

⑩ 循名而責實：按照名位求得實際的效果。循：考核。

⑪ 操殺生之柄：掌握生殺大權。操：掌管。

⑫ 課：考核。能：能力。

⑬ 人主：君主。執：掌握。

⑭ 憲令著於官府：法令由官府制定。憲令：法令。著：制定，規定。

⑮ 刑罰必於民心：刑罰制度要在百姓的思想中扎根。

⑯ 姦：通「奸」，下同。

⑰ 弊於上：在上位受到臣下蒙蔽。弊：通「蔽」，蒙蔽。

⑱ 具：工具，手段。

⑲ 徒：只有。

⑳ 其不可何哉：都是不可以的，為甚麼？

㉑ 韓昭侯：公元前三六二至公元前三三三年在位，為韓國第六任君主。佐（粵 zo³〔詛〕 普 zuǒ）：輔佐，助手。

㉒ 晉之別國：別國，指由一國分裂出來的國家。韓氏本為晉國六大家族之一，後來「三家分晉」，晉國遂分裂韓、趙、魏三國。

㉓ 故：舊。息：停止，消除。

㉔ 先君：指原來的晉國國君。收，收回。後君：指韓國國君。

㉕ 申不害不擅其法：申不害不精於推動新法。擅：精於。

㉖ 不一其憲令則姦多：不統一法令，奸邪、違法之事就會多。一：統一。

㉗ 故利在故法前令則道之：所以臣民看到舊法對自己有利，就依照舊法辦事。道：由，從，遵從。

㉘ 利在故新相反，前後相悖：指奸臣從舊法與新法之間的矛盾中得利。悖（粵 bui⁶〔白妹切〕 普 bèi）：違反。

㉙ 十：指多次。使（粵 si²〔史〕 普 shǐ）：請求，要求。

㉚ 而姦臣猶有所譎其辭矣：奸臣仍然有辦法進行詭辯。譎（粵 kyut³〔決〕 普 jué）其辭：詭辯。

㉛ 託：依託，倚仗。萬乘之勁韓：指韓國軍力強大。乘（粵 sing⁶〔盛〕 普 shèng）：一車四馬的戰車。

㉜ 法不勤飭（粵 cik¹〔斥〕 普 chì）於官之患也：沒有在官吏中經常整頓法令所帶來的害處。飭：通「飾」，整治。

㉝ 設告相坐而責其實：設立「告發」和「連坐」制度來考察犯罪的實情。告：告發，檢舉。連坐：一人犯罪，與之有關係的人也要接受刑罰。連：相關，連同。坐：犯罪。

㉞ 連什伍而同其罪：使什伍之家一起受罰。什伍：秦國的戶籍制度，十家為「什」，五家為「伍」。

㉟ 刑重而必：刑罰苛重而一定執行。

㊱ 用力勞：努力工作。勞，勞動，工作。卻：退卻。

㊲ 然而無術以知姦：但是如果沒有術來考察奸臣的話。

㊳ 則以其富強也資人臣而已矣：也不過是用國家的富強來幫助奸臣作惡罷了。資：資助，幫助。

㊴ 及：等到。孝公：指秦孝公（公元前三六一至公元前三三八年在位），他任用商鞅進行變法，使秦國富強。惠王：指秦惠文王（公元前三三七至公元前三一一年在位），其實商鞅死在秦惠文王繼位之後，為了文章書寫方便，韓非先寫秦孝公和商鞅之死。

㊵ 張儀以秦殉韓、魏：張儀把秦國的國力犧牲在韓、魏之上，以謀取私利。張儀：戰國時期縱橫家中連橫派的代表人物，後任秦國丞相。殉：犧牲。

㊶ 武王：即秦武王，公元前三一零至公元前三零七年在位。

㊷ 甘茂以秦殉周：甘茂帶兵攻打韓國而到達周，從中得利，消耗了秦國的力量。甘茂：楚國人，曾在秦國為官。

㊸ 昭襄王：即秦昭襄王，武王之弟，公元前三零六至公元前二五一年在位。

㊹ 穰（粵 joeng⁴〔羊〕普 ráng）侯越韓、魏而東攻齊：穰侯越過韓、魏兩國攻打齊國。穰侯：即魏冉（粵 jim⁵〔染〕普 rǎn），其封地位於穰，故稱。秦昭襄王時四次為相，利用權勢擴大自己的封地。

㊺ 五年而秦不益一尺之地：經過了五年的戰爭，秦國沒有擴充一尺土地。益：增加。

㊻ 乃城其陶邑之封：穰侯在陶邑的封地不斷擴大。城：築城。陶邑：即定陶，位於今山東省定陶縣北。封：封地。

㊼ 應（粵 jing³〔意正切〕普 yīng）侯：指范雎（粵 zeoi¹〔追〕普 jū），秦昭襄王任他為相，代替穰侯。因封地在應（今河南省魯山之東），故稱「應侯」。

㊽ 成：通「城」。汝南之封：汝水南面的封地。

㊾ 自是：從此。

㊿ 諸用秦者，皆應、穰之類也：許多在秦國執政的人都是穰侯、應侯之類的人。用：任命。

51 故戰勝則大臣尊：所以打了勝仗之後，大臣的地位就尊貴起來。

(52) 益地則私封立：擴張了疆土，私人的封地就建立起來。

(53) 主無術以知姦也：這是因為君主無法用「術」去了解奸邪的緣故。

(54) 商君雖十飾其法，人臣反用其資：商鞅雖然多次整頓法令，但臣下卻利用了他變法的成果。資：成果。

(55) 乘：憑藉。

(56) 數十年而不至於帝王者：幾十年還沒有成就帝王霸業的原因。

(57) 不勤飾於官，主無術於上之患也：法令不斷整頓，但是君主在上面不能用術，所以帶來了害處。不：在這裏應作「雖」，方合文意。

(58) 盡：完善。

(59) 治不逾官，雖知弗言：官員執行政事，不應當超越自己的職權。超越職權範圍的事，即使知道也不應該説。逾：超越。官：官職，職權。弗：(粵 fat¹〔忽〕普 fú)：不。

(60) 謂之職守也可：説這叫恪守職責，尚且可以。

(61) 是謂過也：可以説是過錯。

(62) 人主以一國目視，故視莫明焉；以一國耳聽，故聽莫聰焉：君主用全國人的眼睛來看，所以最為明察；用全國人的耳朵來聽，所以最為聰敏。

(63) 則人主尚安假借矣：那麼君主還可以依靠誰來做自己的耳目呢？

(64) 斬一首者爵一級：砍掉一名敵軍頭顱的，爵位升一級。首：頭，這裏指披戰甲的小軍官的頭顱。爵：爵位。

(65) 欲為官者為五十石（粵 daam³〔對湛切〕普 dàn）之官：想做官的，就給予年薪五十石米糧的官。石：古代的計量單位，一石相當於六十公斤。

(66) 遷：提升。相稱（粵 cing³〔秤〕普 chèng）：相當。

(67) 今有法：假設現在有如下法令。

(68) 斬首者令為醫匠。則屋不成而病不已：下令斬首立功的人去做工匠、醫生，那麼恐怕房屋建不成，病也治不好了。已：完結，這裏指病癒。

(69) 齊（粵 zai⁶〔濟〕普 jì）：通「劑」，調和。

⑦ 而以斬首之功為之，則不當其能：讓斬首立功的人去做這些工作，那就與他們上陣殺敵的才能不相配。

⑦ 今治官者，智能也；今斬首者，勇力之所加也：擔任官職需要的是智謀和才能，而斬殺敵人需要的是勇氣和力氣。

⑦ 以勇力之所加，而治智能之官，是以斬首之功為醫匠也：讓這些勇敢有力的人，去擔任需要智謀和才能的官，就相當於讓斬首立功的人去當醫生、工匠。

⑦ 二子之於法術，皆未盡善也：商鞅的「法」和申不害的「術」，都沒有達到盡善盡美的境地。

【解讀】

韓非子是法家思想的集大成者，他總結了前人的思想、理論和經驗，使法家的學說更趨完備。在這篇文章中，他總結了前期法家人物申不害和商鞅治理國家的經驗和教訓，分析了他們「法」、「術」主張的利弊得失，並認為「法」和「術」必須結合起來運用，才能鞏固君主的權力，維護國家的利益。從中可以看出韓非子思考的縝密、論證的嚴謹。文章從具體的事例出發，闡明道理。

文章開篇設問，並在第二段中闡釋「法」與「術」的概念，強調兩者不可或缺。「術」是君主應該掌握的駕馭群臣之術，要根據臣下的能力授予不同的官職，並制定好考核辦法，使他們各盡其職；「法」是臣下所應該遵守的法令規章。如果君主不掌握「術」，就會被臣下蒙蔽；如果臣下不遵守「法」，國家就會出亂子。

在第三段，作者又拋出一個問題：為甚麼不可以只推行「術」或「法」？第四段則以申不害、商鞅治理國家時所出現的具體問題，解釋「術」與「法」不可缺一的原因：申不害在韓國推行新法的時候，舊有的法令還沒有完全廢除。臣下沒有統一的「法」的約束，就借新法與舊令之間的矛盾牟利：當遵循新法有助得利時，就按照

新法辦事；當遵循舊令有助得利時，就按照舊令來辦事。雖然申不害努力勸諭韓昭侯馭臣之「術」，卻不能使臣下自律守法。所以即使韓國的軍事實力很強大，十七年的時間也不能成為霸主。在秦國，商鞅設定了嚴格的賞罰制度，在這樣的制度下民眾努力工作，奮勇征戰，使秦國富國強兵，實力強大。然而商鞅忽視了君主駕馭臣下之「術」，使秦國耗費資財而得來的利益，盡被臣下私吞。穰侯魏冉越過韓國、魏國去攻打齊國，戰爭歷時五年，秦國沒有增加一尺土地，反而魏冉的封地卻不斷擴大。同樣的情況發生在應侯范睢身上，攻打韓國八年，增加的只是范睢的封地。究其原因，是君主沒有用「術」來辨明奸邪小人，使臣下肆無忌憚地利用國家的資源來為自己謀利。

　　既然「術」與「法」都是治國所必須的，那同時實行是不是就可以呢？第六段論述了申不害之「術」與商鞅之「法」的缺陷。申不害強調臣子辦事時不超越自己的職權，超越自己職權的事情，即使知道了也不說。但是臣子如果不向君主報告，那君主就無法了解國家的實況。商鞅制定的賞罰政策十分嚴格，根據戰鬥時殺死敵人的數目，賞賜不同的爵位或官職。但是上陣殺敵靠的是勇氣和力量，在朝為官靠的是智慧和才能，兩者不相匹配。如果讓戰場立功之人去做官，就像讓一個沒有相關經驗的人去做工匠或醫生，必然毫無建樹，甚至可能惹出禍亂。

　　韓非子以問答的形式來結構全篇，說理環環相扣，層層遞進，抽絲剝繭地分析「術」與「法」的關係，指出治理國家時兩者不可或缺，又剖析其本身的缺陷，為自己所提出的理論做鋪墊。文章善用比喻，以巧妙的比喻將深奧的道理闡釋得簡單易懂。行文邏輯嚴密，議論精闢，是韓非論說散文的代表作。

【文化知識】

法家

　　法家是春秋戰國時期出現、提倡法制的思想學派，代表人物有韓非、商鞅、申不害、慎到等人。商鞅主張「法」，得到秦孝公重用之後，實行「商鞅變法」，制定了嚴格的獎罰制度，使秦國國力增強；申不害主張「術」，強調君主對臣下的駕馭，得到韓昭侯的重用；慎到則主張勢。而韓非總結了前人的經驗教訓，強調「法」、「術」、「勢」的並用和統一，三者缺一不可。

　　法家的思想符合春秋戰國時期各國富國強兵的需要，所以法家學派的代表人物大都得到君主的重用，而且在一定程度上，促進了各國社會經濟的發展。但是一切都用「法」來衡量，強調利益，刑罰過重，只會使人民苦不堪言，終而激起民怨、暴亂。

【練習】
(參考答案見第 165 頁)

❶ 試語譯下列句子。
「君無術則弊於上，臣無法則亂於下，此不可一無，皆帝王之具也。」

❷ 韓非子運用了甚麼論證技巧來說明法、術二者缺一不可？

❸ 韓非子對商鞅之法有何評價？

五蠹（節選）

〔戰國·韓〕韓非子

【引言】

　　你認為為政者治國時是否遵從既定的原則，達至某個理想的社會狀態？還是應該因時制宜，順應時代需要而作出改變？韓非子在《五蠹》一文中提出了他認為有效的治國方針，以下所選讀內容，乃選自該文的開首部分。韓非子舉出大量史例，又運用不同的論證手法，闡釋統治者在治國之時，應該因應時代、環境的不同而採取適當的措施，不應墨守成規，否則最終只會失敗。

　　韓非子的論調，似乎是針對孔子的「法先王」之説而生的。孔子的政治理想是回復西周盛世，他認為周初的政治環境是最理想的，因而主張恢復周禮。韓非子對此不以為然，這亦由於他生於戰國末年，經歷春秋戰國時代三百年、國與國之間互相攻伐的局面，因而特別反對儒家空談仁義、主張「法先王」之説。韓非子在本文先後舉出了有巢氏、燧人氏、鯀和禹治水、湯及武王討伐暴君桀和紂，論析人類歷史文明一點一點的進步。韓非子認為，人類文明不斷進步，如果還不斷稱許、崇奉，甚至仿效古人的做法，一定會被當代聖人所笑，從而帶出「聖人不期脩古，不法常可，論世之事，因為之備」的觀點，認為當代統治者不應盲目復古，而應制定適合當世的實際措施。

五蠹[1]（節選）

〔戰國・韓〕韓非子

上古之世，人民少而禽獸眾，人民不勝禽獸蟲蛇[2]。有聖人作，構木為巢以避羣害[3]，而民悅之，使王天下[4]，號曰有巢氏[5]。民食果蓏蚌蛤[6]，腥臊惡臭而傷害腹胃[7]，民多疾病，有聖人作，鑽燧取火以化腥臊[8]，而民說之[9]，使王天下，號之曰燧人氏。中古之世，天下大水，而鯀、禹決瀆[10]。近古之世，桀、紂暴亂，而湯、武征伐。今有構木鑽燧於夏后氏之世者[11]，必為鯀、禹笑矣；有決瀆於殷、周之世者，必為湯、武笑矣。然則今有美堯、舜、湯、武、禹之道於當今之世者[12]，必為新聖笑矣。是以聖人

不期脩古，不法常可，論世之事，因為之備⑬。宋人有耕田者，田中有株⑭，兔走觸株，折頸而死，因釋其耒而守株⑮，冀復得兔，兔不可復得，而身為宋國笑。今欲以先王之政，治當世之民，皆守株之類也。

古者丈夫不耕，草木之實足食也；婦人不織，禽獸之皮足衣也⑯。不事力而養足⑰，人民少而財有餘，故民不爭。是以厚賞不行，重罰不用，而民自治。今人有五子不為多，子又有五子，大父未死而有二十五孫⑱。是以人民眾而貨財寡，事力勞而供養薄，故民爭，雖倍賞累罰而不免於亂⑲。

堯之王天下也，茅茨不翦⑳，采椽不斲㉑；糲粢之食㉒，藜藿之羹㉓；冬日麑裘㉔，夏日葛衣㉕，雖監門之服養，不虧於此矣㉖。禹之王天下也，身執耒臿以為民先㉗，股無胈，脛不生毛㉘，雖臣虜之

勞不苦於此矣㉙。以是言之㉚，夫古之讓天子者㉛，是去監門之養而離臣虜之勞也㉜，故傳天下而不足多也㉝。今之縣令，一日身死，子孫累世絜駕㉞，故人重之。是以人之於讓也，輕辭古之天子，難去今之縣令者，薄厚之實異也㉟。夫山居而谷汲者㊱，膢臘而相遺以水㊲；澤居苦水者㊳，買庸而決竇㊴。故饑歲之春，幼弟不饟㊵；穰歲之秋㊶，疏客必食㊷。非疏骨肉，愛過客也，多少之實異也。是以古之易財㊸，非仁也，財多也；今之爭奪，非鄙也，財寡也。輕辭天子，非高也，勢薄也㊹；重爭士橐㊺，非下也，權重也。故聖人議多少、論薄厚為之政。故罰薄不為慈，誅嚴不為戾，稱俗而行也㊻。故事因於世，而備適於事㊼。

【注釋】

① 《五蠹（粵 dou³〔到〕普 dù）》：指當時影響社會發展的五種人：學者（儒者）、言談者（縱橫家）、帶劍者（遊俠）、患御者（害怕服兵役的人）和工商之民。蠹：一種會蛀蝕器物的蟲，韓非以此比喻阻礙社會發展的人。

② 不勝（粵 sing¹〔星〕普 shēng）：敵不過。

③ 作：興起。構（粵 gau³〔救〕普 gòu）木為巢：用木頭搭成簡易的居所。

④ 悅：喜歡。王（粵 wong⁶〔旺〕普 wàng）：動詞，為王，管治。

⑤ 號：稱為。

⑥ 蓏（粵 lo²〔裸〕普 luǒ）：草本植物的果實。蛤（粵 gap³ 普 gé）：貝殼類的軟體動物。

⑦ 腥臊（粵 sing¹ sou¹〔星蘇〕普 xīng sāo）：魚肉的腥臭味。

⑧ 鑽燧取火以化腥臊：用鑽木取火的方法來燒烤生的食物。燧：古代用以取火的器具。

⑨ 説：通「悅」，高興、喜歡。

⑩ 鯀（粵 gwan²〔滾〕普 gǔn）：傳説中大禹的父親。決瀆（粵 duk⁶〔讀〕普 dú）：開挖大的水溝。

⑪ 夏后氏：即夏朝開國君主禹。

⑫ 美：稱讚，推崇。

⑬ 是以聖人不期脩古，不法常可，論世之事，因為（粵 wai⁴〔圍〕普 wéi）之備：所以聖人不期望學習古人，不只效法常規的辦法，而是根據當下的實際情況，來作準備，制定相應措施。脩：同「修」，學習。法：效法。

⑭ 株：露出地面的樹根。

⑮ 耒（粵 leoi⁶〔淚〕普 lěi）：犁，古代農具。

⑯ 實：果實。足食：足夠食用。衣（粵 ji³〔意〕普 yì）：動詞，穿着。

⑰ 不事力而養足：不從事體力勞動，但衣食充足。事：從事。養：衣食。

⑱ 大父：祖父。

⑲ 倍賞累（粵 leoi⁵〔呂〕普 lěi）罰：加倍獎賞，多次處罰。不免：難免。

⑳ 茨（粵 ci⁴〔詞〕普 cí）：用茅草蓋的屋頂。翦（粵 zin²〔展〕普 jiǎn）：修剪整齊。

㉑ 椽（粵 cyun⁴〔全〕普 chuán）：椽子，用來承架屋瓦的圓木。斲（粵 doek³〔啄〕普 zhuó）：砍，削。

㉒ 糲（粵 lai⁶〔厲〕普 lì）：糙米。粢（粵 ci¹〔痴〕普 zī）：穀子。

㉓ 藜藿（粵 lai⁴ fok³〔黎霍〕普 lí huò）：泛指野菜。

㉔ 麑（粵 ngai⁴〔危〕普 ní）裘：小鹿皮做的皮衣。麑：幼鹿。

㉕ 葛（粵 got³〔割〕普 gé）衣：用葛布製成的衣服。葛：一種藤本植物，莖、皮可以織布。

㉖ 雖監門之服養，不虧於此矣：即使看門人的衣食供養，也不比這差。

㉗ 臿（粵 caap³〔插〕普 chā）：一種掘土的農具。

㉘ 股：大腿。胈（粵 bat⁶〔拔〕普 bá）：大腿上潔白的肉。脛（粵 ging³〔徑〕普 jìng）：小腿。

㉙ 雖臣虜之勞不苦於此矣：即使是奴隸的工作，也不比這辛苦。

㉚ 是：這。

㉛ 讓天子：指堯、舜禪讓共主之位。

㉜ 去、離：擺脫。

㉝ 不足多：不值得稱讚。

㉞ 一日：一旦。絜（粵 kit³〔揭〕普 xié）駕：乘車不走路，指極闊氣。

㉟ 是以人之於讓也，輕辭古之天子，難去今之縣令者，薄厚之實異也：所以人們對辭讓這種事，可以輕易辭去上古天子之位，卻難以捨棄今天縣令之職，是因為獲利多少的不同。

㊱ 山居而谷汲：住在山上，卻要到山谷裏取水。汲：取水。

㊲ 膢（粵 lau⁴〔流〕普 lú）臘：膢、臘都是古代祭祀的名稱。遺（粵 wai⁶〔惠〕普 wèi）：贈送。

㊳ 澤居苦水：住在水邊，常受水患的困擾。苦：害怕、擔憂。

㊴ 買庸而決竇：聘請工人來挖水溝排水。庸：工人。竇：通水之路。

㊵ 饑歲之春：指青黃不接的春天。饟（粵 hoeng² 〔響〕 普 xiǎng）：給予食物。

㊶ 穰（粵 joeng⁴ 〔羊〕 普 ráng）：穀物豐收。

㊷ 疏：不熟悉。食（粵 zi⁶ 〔自〕 普 sì）：拿食物給人吃。

㊸ 易（粵 ji⁶ 〔二〕 普 yì）：輕視。

㊹ 高：品德高尚。勢薄：天子權勢輕微。

㊺ 士橐（粵 tok³ 〔托〕 普 tuó）：做官，以托身於諸侯。

㊻ 故罰薄不為慈，誅嚴不為戾，稱（粵 cing³ 〔秤〕 普 chèn）俗而行也：所以懲罰輕不一定是仁慈，刑法重不一定是暴戾，要配合當時的社會狀況而推行。誅：懲罰。稱：適合。

㊼ 故事因於世，而備適於事：所以政事應該以當世的實際情況為依據，治理的措施要切合具體事件。

【解讀】

　　《五蠹》是《韓非子》中頗具代表性的篇目，作者通過史例和事例來闡明道理，從不同角度論述自己的主張。

　　文章首先以有巢氏、燧人氏、大禹、商湯、周武王為例子，說明人民推舉帝王或聖賢，不是因為他效法前人，而是因為他能夠消弭當世的禍患，能夠解救人民的苦難，所以不能不顧實際情況而盲目效法前人，否則就是守株待兔。這部分的論述，實際上是為了反駁儒家學者「法先王」的主張。

　　接下來文章從政治和經濟相關聯的角度來分析古今的不同。作者認為上古時期不存在（或極少）爭鬥和犯罪行為，其根本原因是人口少，資源充足，權力和地位與實際利益的關聯不大，所以不需要爭奪，也不必留戀，並不是因為上古人民道德高尚。而在作者身處的時代，人口增加，資源有限，所以人們對物資，乃至權力和地位的競爭當然無可避免。要解決這個問題，就必須考慮社會的實際

情況，順應時代發展，制定出適合當代的政策，一味主張復古是行不通的，更不能單純地寄望於道德的約束力。

　　韓非的這種觀點，很大程度上否定了儒家所主張的「仁政」的可行性，並質疑統治者道德的感召力和約束力。他提出要以社會實際情況為依據來制定法令，這在諸侯紛爭的戰國時期，也是有一定積極意義的。

　　從行文來看，韓非子善於運用舉例和對比論證等方法，連用若干實例，並加以比較，分析具體，論證充分，體現了法家長於論辯、邏輯嚴密的特點。

【文化知識】

《韓非子》

　　《韓非子》是戰國時期法家集大成者韓非的著作合集，有系統地闡釋了其學說和思想。韓非綜合了申不害、慎到、商鞅等人的思想和理論，並有所發展。他認為君主應憑藉權力駕馭臣下，實行專制；國家應嚴格實行法令，賞罰分明。韓非還批評先秦的「顯學」儒家、墨家等學派，認為君主應當遵循法家思想，禁絕諸子。《韓非子》共五十五篇，其中《解老》、《喻老》兩篇，是用法家思想來解釋老子的思維，體現了法家在哲學方面的某些觀點；而《五蠹》則認為社會不斷進步，治理國家的法令和具體實施的方法都要隨之改變，否則就無法適應新的形勢。這些內容到今日依然放諸四海皆準。

【練習】

（參考答案見第 166 頁）

❶ 試解釋下列帶點文字的字義：

鑽燧取火以化腥臊，而民說之。

然則今有美堯、舜、湯、武、禹之道於當今之世者。

雖監門之服養，不虧於此矣。

故饑歲之春，幼弟不饟。

今之爭奪，非鄙也，財寡也。

❷ 作者以守株待兔的故事說明甚麼道理？

❸ 作者運用了甚麼修辭手法，帶出本節選文結尾「事因於世，而備適於事」的道理？

❹ 承上題，你認為韓非「事因於世，而備適於事」的理念，套用在今天的社會依然適用嗎？

大同與小康

《禮記·禮運》

【引言】

　　但凡世界上已發展的國家和地區，其人民都期望透過民主政制，普選出可以代表他們的人物，作為元首，帶領人民前進，並妥善地分配社會資源，讓人民得以安居樂業。但是，要達到這樣的目標，似乎一點也不易。

　　《禮記·禮運》描述了孔子心目中的「大同」與「小康」社會，這兩種社會面貌一直為後世所推崇，前者更被認為是人類所共同追求的美好願景。為何他所描述的大同社會這樣吸引？且看孔子的描述：「大道之行也，天下為公。」大家會以公義作為維繫社會發展的原則。在這樣的一個國度裏，大家可以選出能代表他們的賢能者，這樣的人被選出以後，民心歸順，受人民擁戴，施政自然得到人民支持。這樣的社會不單對領導者有要求，人民的言行舉止也是非常重要的，他們要「不獨親其親，不獨子其子」，對家人的關懷放之於社會上有需要的人，故不同年齡、性別、身份的人皆各得其所，人與人之間互相信任，對對方是真誠、友善而無私的。

　　我們距離孔子生活的春秋時代相隔了二千年，這樣的一個大同國度似乎還未出現。孔子的想法是否真的有可能實踐？這樣可行

嗎？退一步想，他所提倡的小康社會似乎已是很不錯，但是否代表我們只需接受這層次就到此為止？

大同與小康[①]

《禮記·禮運》

昔者仲尼與於蜡賓[②]，事畢，出游於觀之上，喟然而歎[③]。仲尼之歎，蓋歎魯也。言偃在側曰[④]：「君子何歎？」孔子曰：「大道之行也，與三代之英[⑤]，丘未之逮也，而有志焉[⑥]。」大道之行也，天下為公。選賢與能，講信修睦[⑦]，故人不獨親其親，不獨子其子[⑧]，使老有所終，壯有所用，幼有所長[⑨]，矜寡孤獨廢疾者[⑩]，皆有所養。男有分[⑪]，女有歸[⑫]。貨惡其棄於地也，不必藏於己[⑬]；力惡其不出於身也，不必為己[⑭]。是故謀閉而不興[⑮]，盜竊亂賊而不作，故外戶而不閉[⑯]，是謂大同。今大道既隱，天下為家，各

親其親，各子其子，貨力為己，大人世及以為禮⑰。城郭溝池以為固，禮義以為紀⑱；以正君臣，以篤父子，以睦兄弟，以和夫婦⑲，以設制度，以立田里⑳，以賢勇知㉑，以功為己㉒。故謀用是作，而兵由此起。禹、湯、文、武、成王、周公，由此其選也㉓。此六君子者，未有不謹於禮者也。以著其義，以考其信，著有過㉔，刑仁講讓㉕，示民有常㉖。如有不由此者，在勢者去，眾以為殃㉗，是謂小康。

【典籍簡介】

《禮記》是西漢儒生戴聖及其姪戴德，對前代各種記錄禮儀的書籍，加以輯錄並編纂而成的，是儒家的「十三經」之一，共四十九篇，主要記錄和解釋先秦時期的各種禮儀制度，旁及哲學、社會、政治等多個領域，內容非常豐富，既是研究儒家學術思想的主要依據，也是研究先秦社會生活的重要資料。

【注釋】

① 《大同與小康》：本文節選自《禮記‧禮運》，題目是後人所加的。

② 與（粵 jyu⁶〔預〕普 yù）於蜡（粵 zaa³〔炸〕普 zhà）賓：作為助祭人之一以參加年終的祭祀。與：參加。蜡：年終的一種祭祀。賓：蜡祭中的助祭人。

③ 觀（粵 gun³〔灌〕普 guàn）：古代宮門外的高台上，用於瞭望的樓閣。喟（粵 wai²〔委〕普 kuì）然：歎氣的樣子。

④ 言偃（粵 jin²〔演〕普 yǎn）：字子游，春秋時代吳國人，孔子的學生。

⑤ 與：及。三代：指上古的夏、商、周三代。英：英明的賢君。

⑥ 未之逮：即「未逮之」的倒裝。逮（粵 dai⁶〔弟〕普 dài）：及，趕上。志：通「誌」，記載。

⑦ 與（粵 jyu⁵〔羽〕普 yǔ）：通「舉」，選拔。講信修睦：講求信用，着重和睦。

⑧ 不獨親其親，不獨子其子：不只是敬愛自己的父母，不只是愛護自己的孩子。

⑨ 長（粵 zoeng²〔掌〕普 zhǎng）：撫養，養育。

⑩ 矜（粵 gwaan¹〔關〕普 guān）：同「鰥」，指老來無妻或喪妻的男子。

⑪ 分（粵 fan⁶〔份〕普 fèn）：職分，工作。

⑫ 歸：古代指女子出嫁，歸宿。

⑬ 貨惡（粵 wu³〔意故切〕普 wù）其棄於地也，不必藏於己：人們害怕財物被丟棄在地上，但不一定要收藏在自己手中。惡：害怕。

⑭ 力惡其不出於身也，不必為己：人們害怕不能出力，但不一定只是為了自己的事。

⑮ 謀閉而不興（粵 hing¹〔輕〕普 xīng）：陰謀詭計不再出現。

⑯ 外戶：院外的大門。戶：單扇的門。

⑰ 大人：指地位高的人，官員。世及：世襲。以為禮：以此（世襲）為禮制。

⑱ 郭：外城。固：防守設施。紀：綱紀。

⑲ 正：明辨。篤：端正。

⑳ 田里：田地和戶籍。

㉑ 賢勇知（粵 zi³〔至〕／普 zhì）：尊重有勇力、有智謀的人。賢：這裏作動詞用，尊重。知：通「智」。

㉒ 以功為己：用禮義獎勵建功立業的人。

㉓ 由此其選也：指上述六人是按照禮儀制度選拔、推舉出來的。

㉔ 著：彰顯、指出。考：考察。有過：過錯。

㉕ 刑仁講讓：以仁心施行刑罰，提倡人際間互相謙讓。

㉖ 示民有常：昭示人們要遵循禮義規範。

㉗ 如有不由此者，在勢者去，眾以為殃：如有不遵循這些綱紀規則的，即使是有權勢的人也要遭罷免，百姓也把他看成禍害。

【解讀】

《禮運》是《禮記》的第九篇，論述了禮的起源、其具體實施辦法和作用。本文是《禮運》的第一部分，是儒家對理想中的「大同」世界和「小康」社會的描述。

上古三代一直是孔子追慕的時代，孔子認為那時人人都能夠以公義行事，賢能的人能夠得到舉薦和任用，人際交往講求信用，注重和睦，每個人都能克盡己任。「為公」的原則體現在家庭生活中，就是對別人的家庭成員也能像自己的家人一樣愛護，不狹隘，不偏私，進而使失去勞動能力和沒有家庭庇護的人都能得到保障，沒有衣食之憂。物資要避免浪費，但也不一定要據為己有，應當把它們用在合適的地方；人們主動勞動和奉獻，但不一定是為了自己。在這樣的社會中，陰謀詭計自然沒有用武之地，社會秩序安定，人人都能夠互相尊重和信任。這是儒家的最高理想，即「大同」世界。但孔子也意識到在春秋戰國時代，大同社會是無法實現的，所以退

而求其次，追求「小康」：即人們用智謀和勇力來追逐私利，人與人之間有親疏、尊卑之分，君主和賢明的大臣通過禮法來約束人們的言行，如果有人不守禮，就要加以懲處，從整體上維持社會秩序。

孔子身處的春秋時代，諸侯爭霸，戰亂頻繁，出現了很多破壞法紀和敗壞道德的事。「大同」和「小康」都是儒家理想中的社會形態，體現了儒家主張復古、重視道德、要求以仁義和禮法來治理國家的一貫主張，也反映了當時人們追求穩定而公平的社會秩序和安定生活的願望。「大同」社會的美好願景，在我國歷代的政治、歷史、文學、哲學領域都產生了深刻的影響，後人常常用「大同」來指社會發展的最高境界，無數有志於造福社羣的人士都把「大同」作為至高的奮鬥目標，如國父孫中山先生也以「天下為公」作為座右銘。

【文化知識】

三禮

所謂「三禮」，就是指《周禮》、《儀禮》和《禮記》。如前文所述，《禮記》由西漢大儒戴德（大戴）和戴聖（小戴）叔姪輯錄而成；《周禮》又名《周官》，是三禮之首，記載了周朝及春秋戰國時期各諸侯國的官制及制度，但同時又以儒家思維增刪內容；至於《儀禮》，又稱為《禮經》或《士禮》，是先秦五經之一，大致成書於春秋時代後期，有說是孔子編訂的，以作為禮節教學的實踐環節。

【練習】

（參考答案見第 167 頁）

❶ 據文章開首內容，孔子為何會歎息？

❷ 在大同世界中，為何會出現「謀閉而不興，盜竊亂賊而不作」的情況？

❸ 孔子認為小康社會是靠甚麼來維繫的？

❹ 如果「大同」世界一直實現不了，你會甘於接受「小康」社會嗎？為甚麼？試簡單説明之。

屈原賈生列傳（節選）

〔西漢〕司馬遷

【引言】

有沒有遇過一些多次被誣陷但仍不改其志的人？你欣賞他們的志行嗎？

屈原和司馬遷均可說是古代經歷多次屈辱但仍不改其志的人。屈原生於戰國時代，司馬遷生於西漢。司馬遷所編著的《史記·屈原賈生列傳》通過記述屈原生平幾件要事，表達對他的欣賞和敬意，並為其最終自沉於汨羅江而再三惋惜。

本文是《屈原賈生列傳》的節錄。節錄文字之前尚有兩段文字，是稱讚屈原「博聞彊志，明於治亂，嫻於辭令」，肯定了屈原的才智，指他無論在商議國事、發佈號令、應對諸侯各方面，均表現出色，深得楚懷王的信任。可是，他卻遭到上官靳（粵 gan³〔記印切〕普 jìn）尚的妒忌，懷王聽信讒言而疏遠屈原。接着就是本篇正文之始：「屈平疾王聽之不聰也，讒諂之蔽明也，邪曲之害公也，方正之不容也」，回應本傳開首楚王是非不分的處事方式，字裏行間流露出司馬遷對屈原的同情。在本段節錄中，可特別留意司馬遷對《離騷》及屈原的讚許：「其文約，其辭微，其志絜，其行廉」，指《離騷》文字簡約、辭意深長，又讚譽屈原其人志向高潔、品行清廉。屈原雖

然面對君王的疏遠甚至貶謫，卻沒有動搖對楚國的忠誠，更沒有因為小人當道而改變自己的志向，因而司馬遷認為屈原出塵脫俗，可謂「出淤泥而不染」，甚至可與日月爭輝呢！

屈原賈生列傳①（節選）

〔西漢〕司馬遷

　　屈平疾王聽之不聰也②，讒諂之蔽明也③，邪曲之害公也④，方正之不容也⑤，故憂愁幽思而作《離騷》⑥。離騷者，猶離憂也⑦。夫天者，人之始也；父母者，人之本也。人窮則反本⑧，故勞苦倦極，未嘗不呼天也；疾痛慘怛⑨，未嘗不呼父母也。屈平正道直行⑩，竭忠盡智以事其君，讒人間之⑪，可謂窮矣！信而見疑⑫，忠而被謗，能無怨乎？屈平之作《離騷》，蓋自怨生也⑬。《國風》好色而不淫⑭，《小雅》怨誹而不亂⑮。若《離騷》者，可謂兼之矣。上稱帝嚳⑯，下道齊

桓^⑰，中述湯武^⑱，以刺世事^⑲。明道德之廣崇^⑳，治亂之條貫^㉑，靡不畢見^㉒。其文約^㉓，其辭微^㉔，其志絜^㉕，其行廉，其稱文小而其指極大^㉖，舉類邇而見義遠^㉗。其志絜，故其稱物芳^㉘。其行廉，故死而不容^㉙。自疏濯淖汙泥之中^㉚，蟬蛻於濁穢^㉛，以浮游塵埃之外^㉜，不獲世之滋垢^㉝，皭然泥而不滓者也^㉞。推此志也，雖與日月爭光可也。

【作者簡介】

　　司馬遷（公元前一四五至公元前八十七年），字子長，陽夏（今陝西省韓城市）人，西漢偉大的史學家、文學家。司馬遷十歲的時候，跟隨父親太史令（漢代官職，掌天文、曆法、史籍）司馬談來到長安，不僅受到了其父嚴格的教育，還師從當時的大儒董仲舒、孔安國等。青年時期的司馬遷經常外出漫遊，遍訪歷史遺跡，走遍河山大地，為日後撰寫史書打下良好的基礎。後來司馬遷繼承父親的官位，任太史令，開始博覽國家藏書，撰寫《史記》。漢武帝天漢二年（公元前九十九年），李陵在與匈奴的戰事中失利投降，司馬遷為李陵辯護，因而觸怒了漢武帝，獲罪下獄。為了寫完《史記》，完成自己與父親共同的願望，司馬遷以宮刑代替死刑，出獄後，忍辱負重，發憤著書，終於在武帝征和二年（公元前九十一年）完成了

《史記》。《史記》是我國第一部紀傳體通史，全書共五十二萬餘字，記載了從傳說中的黃帝到漢武帝時期、約三千年的歷史，被魯迅譽為「史家之絕唱，無韻之《離騷》」。

【注釋】

① 《屈原賈生列傳》：出自《史記》卷八十四，是戰國時屈原和西漢初賈誼（粵 ji⁶〔二〕 普 yì）的合傳，本文節錄有關屈原的部分生平。

② 屈平：即屈原。屈原名平。疾：痛心，怨恨。王：這裏指楚懷王。不聰：指聽信讒言，不辨是非。

③ 讒諂（粵 cim²〔楚點切〕普 chǎn）：讒言，諂媚的話。蔽：遮擋。明：賢明的人。

④ 邪曲：指邪惡的小人。公：指公正無私之人。

⑤ 方正：指正直的人。不容：不為奸黨小人所容。

⑥ 幽思：幽深沉思，即內心苦悶。

⑦ 離憂：遭受憂難。離：同「罹」，遭受。

⑧ 窮：指遭遇不幸。反本：返回本源。反：同「返」。

⑨ 慘怛（粵 daat³〔笪〕普 dá）：憂傷。

⑩ 正道直行：指行為正直。

⑪ 讒人：進讒言的小人。閒（粵 gaan³〔澗〕普 jiàn）：同「間」，這裏指挑撥離間。

⑫ 信：忠誠守信。見：被。

⑬ 蓋：表推測，相當於「大概」。

⑭ 好色：指《國風》中寫到男女愛情。淫：過分。

⑮ 怨誹：抱怨誹謗。亂：逾越君臣之分。

⑯ 帝嚳（粵 guk¹〔谷〕普 kù）：傳說中的「五帝」之一，伯父帝顓頊（粵 zyun¹ juk¹〔專沃〕普 zhuān xū）死後，帝嚳繼位。

⑰ 齊桓：即春秋時代齊國的國君齊桓公。

⑱ 湯：商湯，殷商的建立者。武：周武王，周朝的建立者。

⑲ 刺：諷刺。

⑳ 明：闡明。廣崇：廣大崇高，意思是極為重要。

㉑ 治亂之條貫：國家興亡的道理。條貫：條理，道理。治亂：安定和動亂。

㉒ 靡（粵 mei⁵〔美〕普 mǐ）不：無不。畢：全部。見：同「現」。

㉓ 約：簡約。

㉔ 微：隱微，不顯露。

㉕ 絜：同「潔」，高潔、清高。

㉖ 稱文小：使用的文字、描寫的事物簡單瑣細。指：同「旨」，即意旨。

㉗ 類：比喻。邇（粵 ji⁵〔以〕普 ěr）：近，引申為淺顯。

㉘ 稱物芳：以美人香草做比喻。

㉙ 不容：不為奸黨小人所接納。容：允許，肯。

㉚ 自疏：自行疏遠。濯（粵 zok⁶〔鑿〕普 zhuó）淖（粵 naau⁶〔鬧〕普 nào）汙泥：指污水、濕泥等污穢之物，比喻奸黨。

㉛ 蟬蛻（粵 teoi³〔退〕普 tuì）：蟬脫殼，比喻為擺脫。

㉜ 浮游：超脫。塵埃：世俗。

㉝ 獲：沾染。滋：通「玄」，黑。

㉞ 皭（粵 ziu³〔照〕普 jiào）然：潔白的樣子。滓（粵 zi²〔子〕普 zǐ）：黑，這裏作動詞用，染黑。

【解讀】

屈原是戰國時期偉大的政治家、愛國詩人，他熱愛楚國，忠於楚王，一生中寫下了無數著名的愛國詩篇。即使楚王聽信讒言，將屈原放逐，屈原仍心繫祖國。當楚國被秦國滅亡後，屈原滿懷憂憤之情，跳入汨羅江自盡。世人為了紀念他，便有了端午節。這篇傳記記載了屈原的生平事跡，歌頌了屈原的愛國精神與高尚品德，並

給予屈原的代表作《離騷》極高的評價，是記載屈原生平事跡最早、最完整的文獻。這段選文主要讚頌屈原偉大的人格，介紹屈原寫作《離騷》的原因，以及司馬遷對《離騷》的評價。

首先，司馬遷讚頌屈原高潔的品格，總結了屈原寫作《離騷》的原因。屈原行為正直，不謀私利，竭盡自己的忠誠與智慧來輔佐楚王。即使身處污穢之地，他依然能「不獲世之滋垢」，潔身自好，堅守自己的志向與原則。但是楚王被小人的讒言所蠱惑，疏遠屈原，這讓屈原感到十分憂愁苦悶。自己行為端正，卻不能為朝廷所容，小人混淆黑白，卻如魚得水，堅守誠信卻被懷疑，忠於楚王卻被小人誹謗，屈原心中難免有所怨恨，於是寫下《離騷》，以排遣心中的愁緒。因此，「離騷」應該就是「遭受磨難」的意思。憑弔屈原也成為後世文人的一個傳統，當他們潔身自好卻遭遇不公時，會常常寫詩文憑弔屈原，藉以抒發自己鬱悶不得志的心情。如西漢賈誼才華橫溢卻鬱鬱不得志，於是寫《吊屈原賦》一文，以表達對屈原遭遇的同情和對自身處境的憤慨。

司馬遷亦十分讚賞《離騷》。他以《詩經》中「好色而不淫」的《國風》和「怨誹而不亂」的《小雅》為例，認為《離騷》兼有兩者的長處。《國風》中有很多講述男女愛情的詩歌，但是描寫得恰到好處，不過分；《小雅》中有很多諷喻統治者的詩歌，但不會逾越君臣之分。《離騷》中常用男女關係來比喻君臣關係，這些描寫也不過分；《離騷》是屈原感時傷懷之作，有對自己處境的不滿、對君主的抱怨、對小人的嘲諷，但又極有分寸。《離騷》中所涵蓋的歷史，從帝嚳一直到齊桓公，既闡明了道德的重要性，又論述了治理國家的道理。它的文辭簡約，詞意精微，言簡意豐，言近旨遠。司馬遷對《離騷》的評價極為精當，對後世的詩歌理論也有一定影響。

值得一提的是，司馬遷本人也是因言獲罪，既同情屈原的遭遇，又極度崇敬屈原，因此在撰寫本傳時筆端飽含感情，行文幽婉動人。本文不僅僅是一篇傳記，也是一篇優秀的文學作品，人物塑

造得形象立體，故事情節飽滿生動，感情真摯深沉，對後世文學創作也有很大的啟發。文章多用排比、對偶句，增強了文章的氣勢，而比喻的運用，也增添了文章的文學性。

【文化知識】

《史記》

《史記》原名《太史公書》，是我國第一部紀傳體通史，作者為西漢時期的司馬遷，與宋代司馬光編撰的《資治通鑒》並稱「史學雙璧」。全書共有十二本紀（帝王傳記）、十表（大事年表）、八書（各種典章制度）、三十世家（諸侯傳記）和七十列傳（重要人物的言行事跡），共一百三十篇，五十二萬餘字，記載了從傳說中的黃帝時期到漢武帝時期約三千年的歷史。

《史記》不同於前代史書所採用的時間順序或地域劃分，它以人物傳記為中心來反映歷史。司馬遷的文學功底深厚，敍事井然有序，人物立體可感，文筆搖曳多姿，感情飽滿真摯，不僅具有重要的史學意義，也有極高的文學價值，被魯迅譽為「史家之絕唱，無韻之《離騷》」。

【練習】

（參考答案見第 167 頁）

❶ 篇首「屈平疾王聽之不聰也，讒諂之蔽明也，邪曲之害公也，方正之不容也」的一組排比句，表達出屈原對楚王有何痛心之處？

❷ 司馬遷認為《離騷》的感情基調是怎樣的？

❸ 根據內文，《離騷》的內容包括了甚麼？

❹ 試找出本文所用的排比句。

司馬遷像

廉頗藺相如列傳（節選）

〔西漢〕司馬遷

【引言】

　　太史公司馬遷的《史記》可說是歷經忍辱負重而寫成的——他承繼同樣是太史令的父親司馬談著述歷史的遺願，在四十二歲開始撰寫《史記》。怎料幾年後，司馬遷卻因李陵兵敗匈奴投降一事，得罪漢武帝，須處以腰斬之刑。當時雖可以五十萬錢贖死罪，但司馬遷卻因家貧而沒錢自贖，只好接受宮刑保命……這對司馬遷來說是一個沉重的打擊：他和李陵同在宮中任職，可是與他卻一向沒有甚麼交情，往來亦不頻繁，只知他「事親孝，與士信，臨財廉，取與義，分別有讓，恭儉下人，常思奮不顧身，以徇國家之急」（《報任少卿書》），而且認為他有「國士之風」。李陵率不足五千之兵深入匈奴之地，卻戰敗而降，司馬遷認為是情有可原的，而且認為李陵沒有死節，是為了找時機報答朝廷，於是替李陵向武帝求情。可是，武帝卻將此事理解為：司馬遷欲毀謗其寵妃李夫人的兄長貳師將軍李廣利——亦即這場戰役的主將。朝中上下為求自保，均不為司馬遷辯解，最後令他蒙受殘辱。司馬遷在《報任少卿書》表示：「每念斯恥，汗未嘗不發背沾衣也。」太史公受刑後曾想到自盡，但念及著史之願未成，惟有隱忍苟活。他寫信予任少卿時，《史記》已幾

近成書，可見司馬遷為了完成著史大業，默默承受肉身的屈辱與心靈的煎熬。

　　在《廉頗藺相如列傳》中，藺相如「先國家之急而後私讎」的無私想法，豈不是與司馬遷本人的信念一脈相承？

廉頗藺相如列傳[①]（節選）

〔西漢〕司馬遷

　　廉頗者，趙之良將也。趙惠文王十六年[②]，廉頗為趙將伐齊，大破之，取陽晉[③]，拜為上卿[④]，以勇氣聞於諸侯。藺相如者，趙人也，為趙宦者令繆賢舍人[⑤]。

　　趙惠文王時，得楚和氏璧[⑥]。秦昭王聞之，使人遺趙王書[⑦]，願以十五城請易璧[⑧]。趙王與大將軍廉頗諸大臣謀：欲予秦，秦城恐不可得，徒見欺[⑨]；欲勿予，即患秦兵之來。計未定，求人可使報秦者，未得。宦者令繆賢曰：「臣舍人藺相

如可使。」王問：「何以知之？」對曰：「臣嘗有罪，竊計欲亡走燕⑩，臣舍人相如止臣，曰：『君何以知⑪燕王？』臣語曰：『臣嘗從大王與燕王會境上⑫，燕王私握臣手，曰「願結友」。以此知之，故欲往。』相如謂臣曰：『夫趙彊而燕弱⑬，而君幸於趙王⑭，故燕王欲結於君。今君乃亡趙走燕，燕畏趙，其勢必不敢留君，而束君歸趙矣⑮。君不如肉袒伏斧質請罪⑯，則幸得脫矣。』臣從其計，大王亦幸赦臣。臣竊以為其人勇士，有智謀，宜可使。」於是王召見，問藺相如曰：「秦王以十五城請易寡人之璧，可予不⑰？」相如曰：「秦彊而趙弱，不可不許。」王曰：「取吾璧，不予我城，奈何⑱？」相如曰：「秦以城求璧而趙不許，曲在趙⑲。趙予璧而秦不予趙城，曲在秦。均之二策，寧許以負秦曲⑳。」王曰：「誰可使者？」相如曰：「王

必無人，臣原奉璧往使。城入趙而璧留秦；城不入，臣請完璧歸趙。」趙王於是遂遣相如奉璧西入秦。

秦王坐章台見相如[21]，相如奉璧奏秦王。秦王大喜，傳以示美人及左右[22]，左右皆呼萬歲。相如視秦王無意償趙城，及前曰：「璧有瑕，請指示王[23]。」王授璧，相如因持璧卻立[24]，倚柱，怒髮上衝冠，謂秦王曰：「大王欲得璧，使人發書至趙王，趙王悉召羣臣議，皆曰『秦貪，負其彊[25]，以空言求璧，償城恐不可得』。議不欲予秦璧。臣以為布衣之交尚不相欺[26]，況大國乎！且以一璧之故逆彊秦之驩[27]，不可。於是趙王乃齋戒五日，使臣奉璧，拜送書於庭[28]。何者？嚴大國之威以修敬也[29]。今臣至，大王見臣列觀[30]，禮節甚倨[31]；得璧，傳之美人，以戲弄臣。臣觀大王無意償趙王城邑，故臣復取璧。大王必欲急臣[32]，臣頭今與

· 56 ·

璧俱碎於柱矣！」相如持其璧睨柱^㉝，欲以擊柱。秦王恐其破璧，乃辭謝固請^㉞，召有司案圖^㉟，指從此以往十五都予趙^㊱。相如度秦王特以詐詳為予趙城^㊲，實不可得，乃謂秦王曰：「和氏璧，天下所共傳寶也，趙王恐，不敢不獻。趙王送璧時，齋戒五日，今大王亦宜齋戒五日，設九賓於廷^㊳，臣乃敢上璧。」秦王度之，終不可彊奪^㊴，遂許齋五日，舍相如廣成傳^㊵。相如度秦王雖齋，決負約不償城，乃使其從者衣褐^㊶，懷其璧，從徑道亡^㊷，歸璧于趙。

　　秦王齋五日後，乃設九賓禮於廷，引趙使者藺相如。相如至，謂秦王曰：「秦自繆公以來二十餘君^㊸，未嘗有堅明約束者也^㊹。臣誠恐見欺於王而負趙，故令人持璧歸，間至趙矣^㊺。且秦彊而趙弱，大王遣一介之使至趙，趙立奉璧來^㊻。今以秦之彊而先割十五都予趙，趙

豈敢留璧而得罪於大王乎？臣知欺大王之罪當誅，臣請就湯鑊⁴⁷，唯大王與羣臣孰計議之⁴⁸。」秦王與羣臣相視而嘻⁴⁹。左右或欲引相如去，秦王因曰：「今殺相如，終不能得璧也，而絕秦趙之驩，不如因而厚遇之⁵⁰，使歸趙，趙王豈以一璧之故欺秦邪！」卒廷見相如，畢禮而歸之。

相如既歸，趙王以為賢大夫使不辱於諸侯，拜相如為上大夫⁵¹。秦亦不以城予趙，趙亦終不予秦璧。

其後秦伐趙，拔石城⁵²。明年，復攻趙，殺二萬人。

秦王使使者告趙王，欲與王為好會於西河外澠池⁵³。趙王畏秦，欲毋行。廉頗、藺相如計曰：「王不行，示趙弱且怯也。」趙王遂行，相如從。廉頗送至境，與王訣曰⁵⁴：「王行，度道里會遇之禮畢⁵⁵，還，不過三十日。三十日不還，則

請立太子為王，以絕秦望。」王許之，遂與秦王會澠池。秦王飲酒酣，曰：「寡人竊聞趙王好音，請奏瑟。」趙王鼓瑟。秦御史前書曰「某年月日，秦王與趙王會飲，令趙王鼓瑟」[56]。藺相如前曰：「趙王竊聞秦王善為秦聲，請奏盆瓴秦王[57]，以相娛樂。」秦王怒，不許。於是相如前進瓴，因跪請秦王。秦王不肯擊瓴。相如曰：「五步之內，相如請得以頸血濺大王矣！[58]」左右欲刃相如，相如張目叱之[59]，左右皆靡[60]。於是秦王不懌[61]，為一擊瓴。相如顧召趙御史書曰「某年月日，秦王為趙王擊瓴」。秦之羣臣曰：「請以趙十五城為秦王壽[62]。」藺相如亦曰：「請以秦之咸陽為趙王壽。」秦王竟酒[63]，終不能加勝於趙。趙亦盛設兵以待秦，秦不敢動。

既罷歸國，以相如功大，拜為上卿，位在廉頗之右[64]。廉頗曰：「我為趙

將，有攻城野戰之大功，而藺相如徒以口舌為勞，而位居我上，且相如素賤人[65]，吾羞，不忍為之下。」宣言曰：「我見相如，必辱之。」相如聞，不肯與會。相如每朝時[66]，常稱病，不欲與廉頗爭列。已而相如出[67]，望見廉頗，相如引車避匿。於是舍人相與諫曰[68]：「臣所以去親戚而事君者[69]，徒慕君之高義也。今君與廉頗同列，廉君宣惡言而君畏匿之，恐懼殊甚，且庸人尚羞之，況於將相乎！臣等不肖，請辭去。」藺相如固止之，曰：「公之視廉將軍孰與秦王[70]？」曰：「不若也[71]。」相如曰：「夫以秦王之威，而相如廷叱之，辱其群臣，相如雖駑[72]，獨畏廉將軍哉？顧吾念之[73]，彊秦之所以不敢加兵於趙者，徒以吾兩人在也。今兩虎共鬥，其勢不俱生[74]。吾所以為此者[75]，以先國家之急而後私讎也[76]。」廉頗聞之，肉袒負荊[77]，因賓客至藺相如

門謝罪^㊆。曰：「鄙賤之人，不知將軍寬之至此也。」卒相與驩，為刎頸之交^㊈。

【注釋】

① 廉頗（粵 po¹〔棵〕普 pō）：嬴姓，廉氏，名頗，太原（今山西省太原市）人，戰國末期趙國名將，與趙之李牧、秦之白起、王翦（粵 zin²〔展〕普 jiǎn）並稱「戰國四大名將」。藺（粵 leon⁶〔吝〕普 lìn）相（粵 soeng¹〔雙〕普 xiāng）如：其事跡只見於《史記》。長平之戰時，病重的藺相如依然力阻趙孝成王以趙括代替廉頗出戰，惜趙王不聽，趙卒敗於秦。

② 趙惠文王十六年：公元前二八三年。趙惠文王：亦稱趙文王，原名趙何，趙武靈王次子。在位期間，趙國政治清明，武力強大。

③ 陽晉：城邑名，在今山東省菏（粵 ho⁴〔河〕普 hé）澤市。

④ 上卿：當時諸侯國大臣的最高爵位，相當於丞相。

⑤ 宦者令：宦官的首領。繆（粵 miu⁶〔妙〕普 miào）：姓。舍（粵 se³〔瀉〕普 shè）人：門客。

⑥ 和氏璧：相傳是一塊由楚國人卞（粵 bin⁶〔辨〕普 biàn）和在楚國山中發現的美玉，其故事詳見後文「文化知識」。

⑦ 秦昭王：即秦昭襄王。姓嬴，名稷（粵 zik¹〔積〕普 jì），秦惠文王之子。遺（粵 wai⁶〔惠〕普 wèi）：給，送。書：書信。

⑧ 易：交換。

⑨ 見欺：被欺負，被欺騙。

⑩ 竊：私下。計：打算。亡走燕（粵 jin¹〔煙〕普 yān）：逃亡到燕國。

⑪ 知：認識。

⑫ 境上：這裏指趙、燕兩國的邊境。

⑬ 彊（粵 koeng⁴〔窮羊切〕普 qiáng）：同「強」，下同。

⑭ 幸：寵信。

⑮ 束：束縛、捆綁。

⑯ 肉袒（粵 taan²〔坦〕普 tǎn）伏斧質：光着上身，背着刑具。伏：背負。斧質：亦作「斧鑕（粵 zat¹〔質〕普 zhì）」，指刑具。

⑰ 不（粵 fau²〔否〕普 fǒu）：同「否」，語氣助詞，表示疑問。

⑱ 柰（粵 noi⁶〔耐〕普 nài）：同「奈」。

⑲ 曲（普 qū）：過錯，理虧。

⑳ 寧許以負秦曲：寧可受騙，也要讓秦國承擔理虧的罪名。負：背，承擔。

㉑ 章台：秦國都城宮中的亭台，秦王在這裏接見使臣，而不在朝堂上，有輕視之意。

㉒ 美人：妃嬪（粵 pan⁴〔貧〕普 pín）。左右：侍從。

㉓ 指示王：指給大王看。示：給別人看。

㉔ 卻：往後退着走。

㉕ 負其彊：倚仗自己的強大。負：憑藉，倚仗。

㉖ 布衣之交：指平民的交往。

㉗ 故：原因。驩（粵 fun¹〔寬〕普 huān）：同「歡」，歡心，友好關係。下同。

㉘ 拜送書於庭：指藺相如在秦都宮廷中恭敬地呈上趙王的回信。

㉙ 嚴大國之威以修敬也：敬畏大國的威嚴以表示敬意。

㉚ 列觀（粵 gun³〔罐〕普 guàn）：一般的亭台，指前文的「章台」。

㉛ 倨（粵 geoi³〔據〕普 jù）：傲慢。

㉜ 急：逼迫。

㉝ 睨（粵 ngai⁶〔藝〕普 nì）：斜着眼睛看。

㉞ 辭謝：婉言道歉。固請：堅決請求（相如不要撞碎和氏璧）。

㉟ 有司：相關官員。案圖：查看地圖。

㊱ 從此以往：地圖上從某處起。

㊲ 度（粵 dok⁶〔踱〕普 duó）：推想，猜測。特：只不過。詳：通「佯（粵 joeng⁴〔羊〕普 yáng）」，假裝。

㊳ 設九賓於廷：在朝堂上設九賓之禮。「設九賓」的具體過程已不可考，今人推想是接待重要人物或接納貴重物品時的一種隆重禮儀，大概以儐（粵 ban³〔殯〕普 bìn）相（粵 soeng³〔試唱切〕普 xiàng）九人依次呼召賓客上殿。

㊴ 彊（粵 koeng⁵〔企養切〕普 qiǎng）：通「強」，勉強、迫使。

㊵ 舍：安置。傳（粵 zyun³〔鑽〕普 zhuàn）：傳舍，驛站，旅舍。「廣成」是傳舍的名字。

㊶ 衣（粵 ji³〔意〕普 yì）褐（粵 hot³〔喝〕普 hè）：穿着粗布短衣。衣：這裏作動詞用，穿。

㊷ 徑道：小路，捷徑。亡：偷走。

㊸ 繆（粵 muk⁶〔木〕普 mù）公：即秦穆公（公元前六五九至公元前六二一年在位），是春秋時期秦國最有作為的國君。

㊹ 堅明約束：堅定明確地信守條約。

㊺ 閒（粵 gaan³〔澗〕普 jiàn）：通「間」，私下。

㊻ 立：立刻，立即。

㊼ 湯鑊（普 huò）：開水鍋，古代烹人的刑具。

㊽ 唯：表示祈請的發語詞。孰：同「熟」，仔細。

㊾ 嘻（粵 hei¹〔希〕普 xī）：歎息，苦笑。

㊿ 因：趁機。

㉑ 上大夫：爵位名，是大夫中最高的一級，僅次於卿。

㉒ 拔：攻取。石城：城邑名，在今河南省林州市西南。

㉓ 好會：友好會面。西河外：河外地區的西部。當時人們稱黃河以南地區為「河外」。澠（粵 man⁵〔敏〕普 miǎn）池：在今河南省澠池縣。

㉔ 訣（粵 kyut³〔決〕普 jué）：告別。

㉕ 度道里會遇之禮畢：推測路程的時間加上會見的時間，直到會面結束。道里：路程。

㉖ 御史：官名，戰國時專管圖籍，記載國家大事。

㉗ 缶（粵 fou²〔否〕普 fǒu）：一種瓦製敲擊樂器。

㉘ 以頸血濺大王：比喻與秦王同歸於盡。

(59) 刃：殺。叱（粵 cik¹〔斥〕普 chì）：呵斥。

(60) 靡（粵 mei⁵〔美〕普 mǐ）：倒下，這裏指後退。

(61) 懌（粵 jik⁶〔亦〕普 yì）：喜悅。

(62) 壽：祝福人健康長壽。

(63) 竟酒：直至酒宴結束。竟：結束。

(64) 右：這裏指上位。

(65) 素：向來。賤人：指藺相如是宦者令繆賢的舍人，出身低微。

(66) 朝（粵 ciu⁴〔潮〕普 cháo）：早朝，朝見國王。

(67) 已而：不久，後來。

(68) 相與：一起。

(69) 去親戚：離開父母。

(70) 孰與秦王：與秦王相比，哪一個更強？孰：哪一個。

(71) 不若：（廉頗）不如（秦王）。

(72) 駑（粵 nou⁴〔奴〕普 nú）：劣馬，比喻愚鈍無能。

(73) 顧：可是。

(74) 鬭：通「鬥」。

(75) 為此：這樣做。

(76) 讎（粵 cau⁴〔籌〕普 chóu）：同「仇」，仇恨，恩怨。

(77) 肉袒負荊：裸露肩背，背着荊條，意思是承認錯誤，願意承受責罰。

(78) 因賓客：讓門客帶領。

(79) 刎（粵 man⁵〔吻〕普 wěn）頸之交：能夠以生死相託的朋友。

【解讀】

《史記‧卷八十一‧廉頗藺相如列傳》本是合傳，記載了戰國時代趙國四位文臣武將——廉頗、藺相如、李牧和趙奢的事跡。本文所節錄的是第一部分，以「完璧歸趙」、「澠池之會」和「負荊請罪」三個故事，刻劃出藺相如的形象，也對廉頗作生動的記述。

文章開頭簡單介紹廉頗、藺相如的身份，二人地位相差懸殊，為後面的衝突埋下伏筆。接着主角出場了：秦王願以城易璧，而趙王卻找不到合適的人來做使臣，這時候宦官繆賢推薦了藺相如，人物還未正式出場，司馬遷已經用具體事件反映藺相如的才幹；而被趙王召見的一番答對，更體現他過人的見識和膽略，初步顯露出他具外交家的才能。

從覲見秦王直到完璧歸趙，司馬遷用精練、純熟而又充滿張力的語言，記述了藺相如與秦王及羣臣鬥智鬥勇的經過。從秦王接受玉璧後的舉動，準確判斷出秦無意償城，突顯了藺相如敏銳的洞察力。取回玉璧後的慷慨陳詞，有理有節，又準確地把握了秦王的心理，使秦王不得不暫時屈服。但藺相如也意識到達成協議只是假象，秦王並無以城易璧的誠意，所以果斷地命令使者祕密送玉璧回趙國（請秦王齋戒也是為了拖延時間），之後，藺相如自己也憑藉對秦、趙兩國對立形勢的準確把握和高超的外交手段，安全回國（當時秦國正集中主要軍事力量對楚國作戰，趙國也有相當實力，秦國出於穩定自身的需要，不能在此時與趙國交惡）。在完璧歸趙的整個過程中，秦王的傲慢無禮、前倨後恭，藺相如的機智勇敢、果斷堅決，都通過人物對答、故事情節，展現得淋漓盡致。

接下來作者用簡潔的筆墨交代了之後發生在秦趙之間的軍事衝突，說明兩國對立，也暗示澠池之會上趙國君臣將面臨的不利處境。秦王在澠池會上趾高氣揚、盛氣凌人的神態，以及命趙王鼓瑟並載入秦國史書的舉動，是明目張膽地欺侮趙王和趙國。當刻，藺相如為了維護趙王顏面、國家尊嚴，置個人安危於不顧，強迫秦王擊缻，並載入趙國史冊中，體現了他過人的勇氣、愛國的情操。

此後藺相如受到拔擢，位居廉頗之上，這是將相不和的客觀原因，而主觀原因是廉頗對兩人地位差距的收窄，未能有正確的認識，因而產生了矛盾。司馬遷通過舍人之問，交待了藺相如一再避讓廉頗的原因：理由層層推進，並以秦王作對比，顯現出藺相如以國家為重的高遠眼光和廣闊胸懷。

「完璧歸趙」和「澠池之會」，都反映了藺相如不懼強秦、把個人生死置之度外、堅決維護國家尊嚴。「負荊請罪」則記述了廉頗與藺相如盡棄前嫌，同心為國。作者筆下的藺相如雖出身低微，但有謀略，有勇氣，有辯才，有胸襟，是當之無愧的一國丞相，但這並不代表貶低廉頗，因為廉頗能意識到自己的錯誤並立即改正，體現出廉頗的坦蕩胸懷和忠勇之氣；澠池之會前與趙王告別時的一番交代，也足見廉頗以國家為重的良苦用心。

司馬遷擅長以語言和細節來展現場景，如「卻立，倚柱」寫藺相如在千鈞一髮之際應對狂秦的周詳、縝密舉動，足見其鎮定無畏；「為一擊缶」極寫秦王無可奈何的情狀，用字精當，情態畢現，全面體現了《史記》在文學上的極高造詣。

【文化知識】

和氏璧

據《韓非子・和氏》記載，春秋時期，楚國人卞和在楚國荊山得到一塊璞（粵 pok³〔樸〕普 pú）玉（即未經雕琢的玉石），把它獻給楚厲王。厲王命玉工查看，玉工認為這是一塊普通的石頭，厲王因而砍去卞和的左腳。楚武王即位後卞和再次獻玉，又被砍去右腳。楚文王即位後，卞和懷抱玉石痛哭三日，眼中流血，文王於是命人剖開玉石，果然真的得到稀世美玉，就將它命名為「和氏璧」。春秋戰國時期，和氏璧輾轉各國，數次易主。秦統一後，秦始皇將和氏璧製成玉璽，秦亡後歸於劉邦，王莽篡漢時玉璽被損，曾用金修補，之後在歷朝皇帝手中承襲，最後在唐末戰亂中不知所蹤。

【練習】

（參考答案見第 168 頁）

❶ 在「完璧歸趙」的故事中，藺相如何以得知秦王無意償城予趙？

❷ 宦者令繆賢曾指藺相如「其人勇士，有智謀」，這評價在「完璧歸趙」的故事中如何見得？試舉例說明。

❸ 有謂司馬遷筆下的人物，形象生動，性格鮮明，試從「澠池之會」的故事中舉一例加以說明。

❹ 在「負荊請罪」的故事中，廉頗起初誓言「我見相如，必辱之」，為何最後卻向相如謝罪？

陳情表

〔西晉〕李密

【引言】

　　要是在日常生活中遇上兩難局面，想既不得罪別人，但又要充分表達個人意願，談何容易？李密的《陳情表》卻一一做到了，值得一讀。

　　這篇《陳情表》的受文者是當時的皇帝晉武帝。武帝在泰始三年（公元二六七年）徵李密為「太子洗（粵 sin² 〔癬〕普 xiǎn）馬」，作為太子的侍臣。可是，李密卻因祖母年老多病，欲在祖母之旁躬身侍候，一盡孝心。在忠孝兩難全的情況下，李密還是選擇上表陳情，辭謝皇帝的任命，甘冒抗旨之死罪。《華陽國志》記述了他照顧祖母的情況：「事祖母以孝聞，其侍疾則泣涕側息，日夜不解帶，膳飲湯藥，必自口嘗。」可見他對待祖母可謂至誠至孝，不離不棄。李密這篇《陳情表》以「孝」出發，動之以情，說之以理，終令晉武帝非常感動，答允他的請求。《華陽國志》更有另一段記載：「（武帝）嘉勉其誠款，賜奴婢二人，下郡縣供養其祖母奉膳」，可見武帝非常欣賞他的孝心，還賜奴婢予他奉養祖母！

　　作者陳情之時，感情真摯，既道出他對祖母的深情，又寫出他對朝廷的忠心，表示自己在祖母去世之後，願意竭盡所能為朝廷服務，先盡孝而後盡忠。李密把握了當時朝廷「以孝治天下」的國策，

表明自己要盡的孝道亦為朝廷所主張，令對方無從反對，手法至為聰明。另外，作者在全文一共用了二十九個「臣」字，句句稱臣，這樣的語言技巧不是最能打動人心嗎？

陳情表①

〔西晉〕李密

　　臣密言②：臣以險釁，夙遭閔凶③。生孩六月，慈父見背④；行年四歲，舅奪母志⑤。祖母劉，愍臣孤弱⑥，躬親撫養⑦。臣少多疾病，九歲不行⑧，零丁孤苦，至于成立⑨。既無叔伯，終鮮兄弟⑩，門衰祚薄⑪，晚有兒息⑫。外無期功強近之親⑬，內無應門五尺之僮⑭。煢煢子立⑮，形影相弔⑯。而劉夙嬰疾病⑰，常在牀蓐⑱，臣侍湯藥，未曾廢離。

　　逮奉聖朝⑲，沐浴清化⑳。前太守臣逵㉑，察臣孝廉㉒；後刺史臣榮㉓，舉臣秀才㉔。臣以供養無主㉕，辭不赴命。詔書

特下，拜臣郎中㉖，尋蒙國恩㉗，除臣洗馬㉘。猥以微賤㉙，當侍東宮㉚，非臣隕首所能上報㉛。臣具以表聞，辭不就職。詔書切峻㉜，責臣逋慢㉝；郡縣逼迫，催臣上道；州司臨門㉞，急於星火。臣欲奉詔奔馳㉟，則劉病日篤㊱；欲苟順私情㊲，則告訴不許㊳。臣之進退㊴，實為狼狽。

伏惟聖朝以孝治天下㊵，凡在故老㊶，猶蒙矜育㊷，況臣孤苦，特為尤甚。且臣少仕偽朝㊸，歷職郎署㊹，本圖宦達㊺，不矜名節㊻。今臣亡國賤俘㊼，至微至陋，過蒙拔擢，寵命優渥㊽，豈敢盤桓㊾，有所希冀㊿！但以劉日薄西山(51)，氣息奄奄(52)，人命危淺(53)，朝不慮夕。臣無祖母，無以至今日，祖母無臣，無以終餘年，母孫二人，更相為命，是以區區不能廢遠(54)。

臣密今年四十有四，祖母劉今年九十有六，是臣盡節於陛下之日長，報養劉之日短也。烏鳥私情(55)，願乞終養(56)。

臣之辛苦，非獨蜀之人士及二州牧伯所見明知⁵⁷，皇天后土⁵⁸，實所共鑒，願陛下矜愍愚誠⁵⁹，聽臣微志⁶⁰，庶劉僥倖⁶¹，保卒餘年⁶²。臣生當隕首⁶³，死當結草⁶⁴。臣不勝犬馬怖懼之情⁶⁵，謹拜表以聞⁶⁶。

【作者簡介】

李密（公元二二四至二八七年），字令伯，武陽（今四川省彭州縣）人，西晉時期的文學家。他幼年喪父，母親改嫁，在祖母劉氏的撫養下長大成人。李密在年輕時曾任蜀漢尚書郎，蜀漢為晉所滅後，晉武帝為了籠絡蜀漢舊臣，徵李密為太子洗馬，以輔助太子。李密卻以奉養祖母為由，不肯出仕，並撰寫《陳情表》獻給晉武帝。晉武帝被他的孝心所感動，不但讓他辭任，更賜給他奴婢和財物，讓他供養祖母。後來祖母去世，李密守孝期滿後，真的恪守當天承諾，到達京城，先後出任太子洗馬、漢中太守等職。李密為官剛正不阿，一心為民着想，政績顯著。

【注釋】

① 表：古代臣民寫給皇帝的陳情言事的一種文體，例子有諸葛亮寫給後主劉禪的《出師表》。

② 言：常用開首語，有稟報上級之意。

③ 以：因為。險釁（粵 jan⁶〔孕〕普 xìn）：不好的命運。釁：命運，徵

兆。夙（粵 suk¹〔叔〕粵 sù）：早時，這裏指作者幼時。閔（粵 man⁵〔敏〕
粵 mǐn）凶：不幸。閔：通「憫」，可憂患的事，多指疾病死喪。

④ 見背：棄我而死去。背：背棄，在這裏指死亡。

⑤ 舅奪母志：舅父強行改變母親守節的志向，着她改嫁。

⑥ 愍（粵 man⁵〔敏〕粵 mǐn）：憐憫。

⑦ 躬（粵 gung¹〔公〕粵 gōng）親：親自。

⑧ 少（粵 siu³〔笑〕粵 shào）：兒時。行：行走。

⑨ 成立：長大成人。

⑩ 終：最終。鮮（粵 sin²〔冼〕粵 xiǎn）：量少，這裏解作「沒有」。

⑪ 門衰祚（粵 zou⁶〔做〕粵 zuò）薄：家門衰敗，福氣微薄。祚：福氣。

⑫ 兒息：兒子。

⑬ 期（粵 gei¹〔基〕粵 jī）功強近之親：指比較近的親戚。期功：古代以
親屬關係的遠近來規定服喪時間的長短，服喪一年稱為「期」，九個
月稱為「大功」，五個月稱為「小功」。

⑭ 應門：照應門戶。五尺之僮：借指未成年的童僕。

⑮ 煢（粵 king⁴〔鯨〕粵 qióng）煢孑（粵 kit³〔揭〕粵 jié）立：生活孤單沒
有依靠。煢煢：孤獨的樣子。

⑯ 形影相弔：只有自己的身體和影子相伴。弔：安慰，慰問。

⑰ 夙嬰疾病：一直被疾病困擾。夙：這裏指一直，一向。嬰：纏繞。

⑱ 蓐（粵 juk⁶〔肉〕粵 rù）：通「褥」，褥子。

⑲ 逮：到了。奉：侍奉。聖朝：指晉朝。

⑳ 沐浴清化：沉浸在清明的政治教化中。

㉑ 太守：郡的長官。逵（粵 kwai⁴〔葵〕粵 kuí）：指郡太守的名字。

㉒ 察：考察，這裏指推舉。孝廉：漢代以來舉薦人才，以任用官員的
一個科目，指孝順父母、品行方正的人，晉朝沿用此制度。

㉓ 刺史：州的長官。

㉔ 秀才：指優秀的人才，也是當時舉薦人才的一個科目。

㉕ 供養無主：指無人供養祖母。主：負責（供養的）人。

㉖ 拜：授官。郎中：官名，古代各政府部門的要職。

㉗ 尋：不久。蒙：受到。

㉘ 除：免舊官，授新職。洗馬：太子的侍從官。

㉙ 猥：自謙之詞。

㉚ 當：擔當。東宮：指太子，因太子居住在東宮。

㉛ 隕首：喪命。隕：墜落。首：首級，頭顱。上報：報答朝廷。

㉜ 切峻：急切嚴厲。

㉝ 逋（粵 bou^{1}〔褒〕普 bū）慢：迴避怠慢。逋：躲避，逃走。

㉞ 州司：州官。臨門：登門。

㉟ 奔馳：指奔波效勞。

㊱ 日篤：日益嚴重。

㊲ 苟順：姑且遷就。私情：指辭官照顧祖母。

㊳ 告訴不許：辭官的訴求得不到允許。

㊴ 進：做官。退：不做官。

㊵ 伏惟：古時候奏疏、書信中下級對上級常用的敬語。

㊶ 故老：舊臣遺老。

㊷ 矜育：憐惜撫育。矜（粵 ging^{1}〔京〕普 jīn）：憐惜。

㊸ 仕：做官。偽朝：指蜀漢。

㊹ 歷職郎署：擔任過郎官職務。

㊺ 本圖宦達：本來就希望做官顯達。

㊻ 矜：自誇，愛惜。名節：名譽節操。

㊼ 亡國賤俘：已亡的蜀漢的舊臣。

㊽ 寵命：恩命，指拜郎中、洗馬等官職。優渥（粵 ak^{1}〔握〕普 wò）：優厚。

㊾ 盤桓：猶豫徘徊。

㊿ 希冀：希望，企圖。

(51) 日薄西山：太陽將要落山，比喻人之將死。薄（普 bó）：迫近。

(52) 氣息奄（粵 jim^{1}〔淹〕普 yǎn）奄：呼吸微弱。

(53) 危淺：危在旦夕。

(54) 區區：形容感情懇切。廢遠：拋棄、遠離。

(55) 烏鳥私情：傳説烏鴉反哺，幼鳥長大後會覓食餵養母親，這裏比喻

侍奉祖母的孝心。

(56) 願乞終養：希望允許我為祖母養老送終。

(57) 二州：指梁州和益州，位處蜀漢境內。牧伯：指刺史。

(58) 皇天后土：猶言天地神明。

(59) 矜愍：憐憫。愚誠：愚拙而至誠之心。

(60) 聽：聽任，准許。微志：小小心願。

(61) 庶：或許，但願。

(62) 保卒餘年：平安過完餘年。保：平安。卒：完。

(63) 生當隕首：活着就不惜以掉腦袋來報答朝廷。

(64) 死當結草：據《左傳》記載，晉國大夫魏武子臨死的時候，囑咐他的兒子魏顆，殺掉他的小妾來為他殉葬。魏顆不忍心殺人，就放了父親的小妾。後來魏顆與秦國的杜回作戰時，見到一個老人結了草繩，將杜回絆倒，幫魏顆抓住了杜回。後來魏顆晚上做夢，夢到了這位老人，老人説他正是那位小妾的父親，結草來報答魏顆對她女兒的恩情。後人就用「結草」來表達報答救命之恩的決心。

(65) 犬馬：作者自比，表示謙卑。

(66) 拜：這裏指呈上。

【解讀】

《陳情表》是李密寫給晉武帝司馬炎的表章，請求皇帝允許自己在家奉養祖母，以盡孝道。全文圍繞一個「孝」字，講述自己與祖母相依為命的深厚情感，並結合當時「以孝治天下」的治國之策，傾訴自己無法出仕的苦衷，動之以情，説之以理，言辭懇切，打動人心，是中國文學史上抒情文的代表作之一。晉武帝看完此文後大為感動，遂允許李密在家供養祖母。

文章第一段先講述李密自己的不幸遭遇：出生六個月的時候就失去父親，四歲的時候母親被逼改嫁，自己又體弱多病，全靠祖母

養大成人。家族裏人丁單薄，既沒有叔伯兄弟，又沒有照應門戶的僕人，只有自己和祖母相依為命。而祖母又臥病在牀，全靠李密侍奉湯藥。在這樣的情況下，李密無法出任為官，是理所當然的事情。

在第二段，李密講述了自己忠孝不能兩全的尷尬處境。太守、刺史相繼舉薦自己，皇帝又親自下詔書任命自己為太子洗馬。李密自知出身微賤，地位卑下，卻受到朝廷如此恩寵，即使殺身捐軀也無法報答國恩。一道道詔書來催促自己赴任，郡縣裏也來人催促啟程。但是祖母的病愈加嚴重，自己實在無法脫身。在朝廷的恩寵和自己的私情之間，李密陷入了進退兩難的境地。

第三段則援引朝廷「以孝治天下」的國策，表達自己對朝廷的感激之情和奉養祖母的拳拳孝心。中國古代有「忠臣不事二君」的說法，許多前朝舊臣為了彰顯自己的氣節，堅決不肯在新的政權中為官。李密是蜀漢舊臣，蜀漢為晉所滅後，以奉養祖母為名不肯出仕，很容易引起晉武帝的猜忌。於是李密再三強調自己「不矜名節」，對朝廷的優待非常感激，沒有其他企圖：自己之所以不肯出仕，全都是因為祖母病情危急，自己無法脫身的緣故。

到第四段，李密再次強調了自己對皇帝的忠心和對祖母的孝心，並提出了解決忠孝矛盾的方法。自古忠孝不能兩全，但是祖母年紀老邁，在世之日屈指可數，而李密正值壯年，為皇帝盡忠之日還有很長，因此先對祖母盡孝，再對皇帝盡忠，這樣就解決了忠與孝之間的矛盾。在結尾部分，李密再次向皇帝表達自己的忠心，表示願以生命報答皇帝的恩情，字字帶淚，句句揪心。

李密作為前朝舊臣，其身份非常敏感，既要辭去皇帝的任命，又要不引起皇帝的猜忌，分寸非常難以把握。而李密選取了「孝」這一個切入點，傾訴自己對祖母的孝心和對皇帝的感恩之情，並聯繫當時「以孝治天下」的方針，說明自己的行為正是晉武帝所宣導的，最終得到晉武帝的認同。這篇文章以情動人，語言簡潔流暢，敘事婉轉親切，充分體現作者深厚的文學功底。文中的「零丁孤苦」、「日薄西山」、「形影相弔」等成語，至今仍廣為人們所用。

【文化知識】

察舉制

　　察舉制是中國古代選拔官吏的一種制度，始於西漢，沿用至魏晉時期。主要方式是由地方長官根據一定的科目，選取人才，並推薦給上級。被推薦的人經過考核之後，就會得到官職。察舉制的主要科有孝廉、茂才、察廉、光祿四行，非常注重被舉薦者的品德。其中，孝廉是「孝子廉吏」的意思，指孝敬父母的人和清廉勤政的官員，是最重要的一個科目。舉孝廉的人很被看重，前途也很好。李密在當時是遠近聞名的孝子，所以被太守薦舉孝廉。

　　察舉制不同於先秦時期的世襲制，能夠選拔出出身不高但品行端正、有能力的人才，有利於社會階層的流動。但隨着時間的推移，察舉制的弊端越來越明顯，逐漸被權勢階層控制，成為他們謀求官職的手段。到了隋唐之世，科舉制代替了察舉制，成為一千多年來選拔人才的主要方式，直至清末為止。

【練習】

（參考答案見第 169 頁）

❶ 李密指「臣之進退，實為狼狽」，他面對甚麼兩難的局面？

❷ 何以見得李密跟祖母感情深厚？

❸ 作者在文中有哪些自謙之辭？

❹ 你認為李密最終陳情成功的關鍵是甚麼？

蘭亭集序

〔東晉〕王羲之

【引言】

　　王羲之是東晉大書法家，《蘭亭集序》就是他其中一篇著名的行書帖子。據說當時王羲之以特選的鼠鬚筆、蠶繭紙，乘酒興即場書序，以為草稿。雖然他在酒醒後重寫數遍，但始終不及原稿。且看明代書畫家董其昌在《畫禪室隨筆》的評語：「右軍《蘭亭敘》（敘同序），章法為古今第一，其字皆映帶而生，或小或大，隨手所如，皆入法則，所以為神品也。」可見後世對這帖子之推崇。

　　《蘭亭集序》寫於永和九年三月三日，據文中所載，這是一場脩禊聚會，在場除了有王羲之的幾位兒子——凝之、徽之、操之、獻之以外，還有當時的社會賢達及軍政要員共四十二人，因而文中有「羣賢畢至，少長咸集」之句，而這次集會則稱為「蘭亭集會」。作者在篇首就蘭亭之會的環境、活動、天氣等方面進行描寫，渲染當時一片和樂的氣氛。接着筆鋒一轉，作者抒發因時光飛逝、環境變遷而生的個人感慨，並認為古往今來人們慨歎之由均同出一轍，因而今人讀古人文字之時，亦會有所共鳴。作者以「後之視今，猶今之視昔，悲夫！」表達出他對人生無常的感歎。王羲之還預知正在讀此序文的我們，會有同樣的感慨呢！

　　大家還可留意的是，王羲之寫本文的時候，正值五十一歲，時

任右軍將軍。是次蘭亭之聚與會者眾，他們會在聚會中談論甚麼？
本篇既為詩集序文，那麼賓客所作的詩如今又何在呢？

蘭亭集序

〔東晉〕王羲之

永和九年①，歲在癸丑②，暮春之初，會於會稽山陰之蘭亭③，脩禊事也④。羣賢畢至⑤，少長咸集⑥。此地有崇山峻領，茂林脩竹⑦，又有清流激湍⑧，映帶左右。引以為流觴曲水⑨，列坐其次。雖無絲竹管弦之盛⑩，一觴一詠，亦足以暢敍幽情。

是日也，天朗氣清，惠風和暢。仰觀宇宙之大，俯察品類之盛⑪，所以遊目騁懷⑫，足以極視聽之娛，信可樂也⑬。

夫人之相與，俯仰一世⑭，或取諸懷抱，悟言一室之內⑮；或因寄所託，放浪形骸之外⑯。雖趣舍萬殊⑰，靜躁不同，

當其欣於所遇，暫得於己，快然自足⑱，不知老之將至；及其所之既倦，情隨事遷，感慨係之矣⑲。向之所欣⑳，俛仰之間，已為陳跡㉑，猶不能不以之興懷㉒。況脩短隨化㉓，終期於盡㉔。古人云：「死生亦大矣！」豈不痛哉！

每攬昔人興感之由，若合一契㉕，未嘗不臨文嗟悼㉖，不能喻之於懷㉗。固知一死生為虛誕，齊彭殤為妄作㉘。後之視今，亦猶今之視昔，悲夫！故列敍時人㉙，錄其所述㉚。雖世殊事異㉛，所以興懷，其致一也㉜。後之攬者，亦將有感於斯文。

【作者簡介】

王羲之（公元三零三至三六一年），字逸少，琅琊（粵 long⁴ je⁴〔狼爺〕普 láng yá；今山東省臨沂市）人，東晉時期著名書法家，有「書聖」之稱。曾任右軍將軍，故世稱「王右軍」。王羲之少年時跟隨衛夫人學習書法，潛心揣摩，博采眾長，楷、隸、草、行眾體兼善，筆勢秀美勁健。《晉書》對他有「飄若浮雲，矯若驚龍」的評價。他的書

法對後世影響深遠，著名的作品有《蘭亭集序》、《快雪時晴帖》、《喪亂帖》等。

【注釋】

① 永和九年：公元三五三年。當時在位皇帝為晉穆帝司馬聃（粵 daam¹〔耽〕普 dān）。

② 癸（粵 gwai³〔貴〕普 guǐ）丑：我國古代以天干地支紀年，癸為天干，丑為地支。

③ 會稽：郡名。山陰：山陰縣，在今浙江紹興市，蘭亭則在紹興市西南。

④ 脩：同「修」，下同，這裏解作完成。禊（粵 hai⁶〔係〕普 xì）：古代的一種風俗，每年農曆三月巳（粵 zi⁶〔字〕普 sì）日（後來定為三月三日），到水邊遊玩，採蘭花，洗身體，據說可以祛（粵 keoi¹〔驅〕普 qū）除不祥。

⑤ 羣賢：這裏指參加蘭亭集會的人，有謝安、孫綽等，都是當時的軍政要員和社會名流。畢：都。

⑥ 少：指王羲之的兒子。長：指在場的長輩。咸：都。

⑦ 領：原文作「領」，應作「嶺」。脩：這裏指高高的樣子。

⑧ 激湍（粵 teon¹〔他敦切〕普 tuān）：急流的水。

⑨ 流觴（粵 soeng¹〔箱〕普 shāng）曲（普 qū）水：古人的一種戶外宴會方式，用酒杯盛酒，放在彎曲的水流中，順流而下，參加宴會的人依次坐在水邊，酒杯停在誰面前，誰就取杯飲酒。

⑩ 絲竹管弦：泛指樂器。

⑪ 品類之盛：形容地上萬物繁多。

⑫ 遊目騁（粵 cing²〔請〕普 chěng）懷：放眼觀覽，舒展胸懷。

⑬ 信可樂：確實令人快樂。

⑭ 相與：相處，交往。俯仰一世：很快便度過一生。俯仰：抬頭與低

頭，比喻時間極短。

⑮ 取諸懷抱，悟言一室之內：表達內心的想法，在室內與友人交談，有所領悟。

⑯ 因寄所託，放浪形骸（粵haai⁴〔孩〕普hái）之外：把感情寄託在自己喜好的事物上，不受約束。放浪：放縱。形骸：身體。

⑰ 趣（粵ceoi²〔娶〕普qǔ）：同「取」。殊：差異，區別。

⑱ 欣於所遇，暫得於己，快然自足：為自己的境遇而感到高興，暫時感到快樂和滿足。

⑲ 所之既倦，情隨事遷：對自己嚮往的事物厭倦了，感情隨着外物的變遷而變化。係：通「繫」，依附、隨着。

⑳ 向：以往，以前。欣：愉快。

㉑ 俛：同「俯」，低頭。陳：舊。

㉒ 興懷：引發內心的感受和想法。

㉓ 脩短隨化：人的壽命長短取決於造化。脩：長。化：造化、命運。

㉔ 終期於盡：最終都要結束。

㉕ 攬：原文作「攬」，應作「覽」，下同。契（粵kai³〔冀計切〕普qì）：符契，用作憑證的東西，雙方各持一半，合二為一。指作者和前人所感慨的原因，像符契般同出一轍。

㉖ 臨：面對。嗟（粵ze¹〔遮〕普jiē）悼：歎息，追想。

㉗ 喻：知曉，明白。

㉘ 固知一死生為虛誕，齊彭殤為妄作：本來知道把生死等同起來的觀點是虛無荒誕的，把長壽和短命等同起來的説法是不合理的。一：等同。齊：看齊。彭：指彭祖，古人傳説他的壽命有八百歲。殤：不到二十歲就死去。「一死生」、「齊彭殤」都是《莊子·齊物論》中的觀點。

㉙ 列敍時人：逐一記下當時參加集會的人。

㉚ 錄其所述：收錄他們的作品。此次蘭亭集會，參與者都在會上作詩，輯錄成集，即《蘭亭集》，本文是為《蘭亭集》寫的序，所以這裏説收錄了各人作品。

㉛ 世殊事異：時代不同，事件不同。

㉜ 所以興懷，其致一也：使人感慨的原因往往是一致的。

【解讀】

　　會稽山陰的蘭亭即今浙江紹興城外的蘭渚山，作者在癸丑年三月初三與四十多位當時的社會名流在這裏集會，本文寫的就是這次集會的情景以及由此引發的感慨。

　　文章開頭交代了聚會的時間、地點、緣由和參加者等大致情況，接着描寫聚會之地的秀美景色，寫景由遠及近，參差點染，筆調簡潔而有韻致。參加聚會的人沿着水流依次就座，彷彿也融入山水之中。春風和煦，天氣清新爽朗，人們置身山水之間，盡可以親近自然，抒發胸臆。到這裏，作者寫的都是暮春時節的聚會之樂，令人嚮往。

　　接下來，作者面對清新明淨的景色，不覺心生感慨。想到人生短暫，無論是與密友相交，心有所悟，還是放浪形骸，寄情外物，當有所得的時候，都會令人感到快樂。「不知老之將至」是引用孔子的話，說明醉心其中的忘我狀態。但這種快樂卻又是那麼短暫，更會隨着人事的變遷而消散，再回顧時已經不同往日了。作者從這種時間的推移所引發的變化，進而聯想到人生的短暫，一切總要結束，道出了之所以「痛」的原因。

　　因為有了這樣的思考和感慨，作者每每感到自己和古人心意相通，卻又無法明瞭箇中原因，不能行諸文字。但即便如此，作者也知道把生死看齊的看法是荒謬的，這與當時在不少士人中流行的觀點相悖，可見作者對當時一味崇尚虛無的風氣並不認同。作者意識到時間總在不斷向前推移，自己和這個時代的人也會像前人一樣，受到後來者的審視，雖然世事不斷變幻，但令人感動和產生共鳴的東西總是相通的，所以記錄了今人的事跡和詩文，留待後人閱讀和

評説。

　　全文語言流暢，韻味深長，議論中充滿感情。文字簡潔，韻律和諧，讀起來琅琅上口。

【文化知識】

《蘭亭集序》字帖

　　古人稱《蘭亭集序》是「文以書傳」，即是説《蘭亭集序》這篇文章是因為原文手稿中極高的書法藝術價值而廣為流傳。《蘭亭集序》是王羲之最負盛名的書法作品，被譽為「天下第一行書」。相傳唐太宗從辯才和尚處得到《蘭亭集序》真跡，以之殉葬。現在存世的摹本很多，其中以唐代馮承素的摹本最為精細，研究者認為它的筆法、結構最接近真跡。因為卷首鈐（粵 kim⁴〔鉗〕普 qián；圖章）有「神龍」（唐中宗李顯的年號）印，所以稱為「神龍本」。

【練習】
（參考答案見第 170 頁）

❶ 本文在句式上有何獨特之處？

❷ 作者認為是次蘭亭集會有何值得欣喜之處？

❸ 根據第三段內容，作者所敍之情如何由喜入悲？

❹ 作者在文末提到「後之攬者，亦將有感於斯文」，為何作者會有這樣的看法？

滕王閣序（節選）

〔唐〕王勃

【引言】

　　讀過王勃的《滕王閣序》，就不得不佩服他為文辭彩華美、對仗精巧、用典豐富、佈局精嚴，予人氣象不凡之感，難怪本篇成為不得不讀的千古名作。

　　被譽為「初唐四傑」的王勃，生前恃才傲物，在任虢（粵 gwik¹〔瓜色切〕普 guó；今河南省靈寶市）州參軍時就因私藏及殺死罪奴，而連累其父降官為交趾（今越南）縣令。唐高宗上元三年（公元六七六年）九月，王勃之罪得赦，在南下探望父親的路上，經過南昌，剛好遇上洪州都督閻（粵 jim⁴〔嫌〕普 yán）公重修滕王閣畢，「千里逢迎，高朋滿座」，並在宴上為新州（今廣東省新興縣）刺史宇文氏等人餞別，王勃也參與了是次盛會。閻公原打算在席上讓其婿孟學士作序，以表其才，豈料在其假意推讓之際，王勃竟在宴上即席揮毫，寫成此篇氣象恢宏的駢文，豈能說他不是一個才子呢？可惜，同年十一月王勃從交趾回程北返之時，卻渡水遇溺，及後受驚致病而亡，終年只有二十六歲。

　　本文所節錄的內容以描寫景物為主，呈現了無比瑰麗的景致，如「潦水盡而寒潭清，煙光凝而暮山紫」，刻劃了秋天時分寒潭予人

清澄之感，而黃昏時山間瀰漫一片紫氣，異常華美。又如「飛閣流丹，下臨無地」則寫紅色的飛閣屋簷映到流水之中，而滕王閣太高了，竟有「下臨無地」之感呢！又再如「落霞與孤鶩齊飛，秋水共長天一色」，漸降的落霞與飛升的孤鶩互相輝映，秋水與長天又相互映照……只有以王勃無限的才華，才能用文字留住這美麗的黃昏。

滕王閣序① (節選)

〔唐〕王勃

時維九月，序屬三秋②；潦水盡而寒潭清③，煙光凝而暮山紫④。儼驂騑於上路⑤，訪風景於崇阿⑥。臨帝子之長洲⑦，得天人之舊館⑧。層巒聳翠，上出重霄⑨；飛閣流丹⑩，下臨無地⑪。鶴汀鳧渚⑫，窮島嶼之縈回⑬；桂殿蘭宮，列岡巒之體勢⑭。披繡闥⑮，俯雕甍⑯，山原曠其盈視⑰，川澤紆其駭矚⑱。閭閻撲地⑲，鐘鳴鼎食之家⑳；舸艦彌津㉑，青雀黃龍之軸㉒。雲銷雨霽㉓，彩徹區明㉔。落霞與孤鶩齊飛㉕，秋水共長天一色。漁舟唱

晚，響窮彭蠡之濱㉖；雁陣驚寒，聲斷衡
陽之浦㉗。

【作者簡介】

王勃（公元六五零至六七六年），字子安，絳（粵gong³〔鋼〕普
jiàng）州龍門（今山西省河津縣）人，唐代詩人，與楊炯、盧照鄰、
駱賓王一同被稱為「初唐四傑」。王勃出身書香門第，少年時就洋溢
非凡的文才，被譽為神童，並被舉薦給朝廷，授予朝散郎的官職。
後來又當上沛王李賢的侍讀，當時宮內流行鬥雞，王勃戲作駢文《檄
（粵hat⁶〔瞎〕普xí，用於聲討的文書）英王雞》，觸怒了唐高宗，因
而被逐出王府。幾年後又做了虢州參軍，又擅殺官奴獲罪，其父也
被牽連而貶為交趾令。上元三年（公元六七六年），王勃南下探望父
親，回程時卻不幸溺水，一代英才因而殞命。王勃的詩風是對當時
辭藻華美的宮體詩的革新，文辭古樸，追求實用，現存詩歌八十餘
首。其文章骨氣剛健，現存賦、表等各類文章九十多篇。

【注釋】

① 《滕王閣序》：本文又題為《滕王閣詩序》或《秋日登洪府滕王閣餞
　　別序》，是駢體文中的一篇佳作。滕王閣為唐高宗永徽年間，唐高祖
　　之子滕王李元嬰任洪州都督時所建，現位於江西省南昌市贛（粵gam³
　　〔禁〕普gàn）江邊。高宗上元三年九月，王勃南下探望父親，途經洪
　　州（今江西省南昌市），恰逢時任洪州牧閻公在滕王閣大宴賓客，王
　　勃在宴會上即興寫下了這一駢體文的名篇。全文引經據典，汪洋恣
　　（粵zi³〔志〕普zì）肆，充分展現出王勃非同一般的才氣。

② 維：在。也有一種說法指「維」是語氣詞，無實義。序：時序，指春、夏、秋、冬四季。三秋：古人把秋季的七、八、九月稱為孟秋、仲秋和季秋。三秋就是季秋，也就是農曆九月。

③ 潦（粵 lou⁵〔老〕普 lǎo）水：雨後積水。

④ 光凝：煙霧在日光的照射下彷彿凝固了一般。暮山紫：落日映襯下的山體呈現出紫色一片。

⑤ 儼：通「嚴」，整頓。驂騑（粵 caam¹ fei¹〔參非〕普 cān fēi）：駕車的馬。上（粵 soeng⁶〔尚〕普 shàng）路：地勢高的路。此句意謂：整頓好車馬，在山路上前進。

⑥ 風景：指滕王閣所在地。崇阿（粵 o¹〔柯〕普 ē）：高大的山陵。

⑦ 帝子：與下句「天人」同義，均指高祖之子滕王李元嬰。長洲：滕王閣前江邊的沙洲。

⑧ 得：得見，一作「登」，亦可。舊館：即滕王閣。

⑨ 層巒：層疊的山巒，有的選本作「層台」。聳翠：聳立着青翠的山峯。上：這裏將方位名詞作動詞用，意為上達。

⑩ 飛閣流丹：飛簷刷上朱紅色漆彩，映照到流水中，鮮豔欲滴。

⑪ 下臨無地：從滕王閣上往下看，下面像無底的深淵一樣。

⑫ 鶴汀：鶴鳥棲息的水邊平地。汀（粵 ting¹〔他丁切〕普 tīng）：水邊平地。鳧（粵 fu⁴〔符〕普 fú）渚（粵 zyu²〔主〕普 zhǔ）：野鴨所聚的小洲。鳧：野鴨。

⑬ 縈（粵 jing⁴〔形〕普 yíng）回：曲折。

⑭ 桂蘭：指建滕王閣所用的名貴木材，比喻高貴華麗、典雅。列：依次排列，有的選本作「即」。體勢：山勢。此句指華麗的宮殿沿着山巒的高低起伏而建。

⑮ 披：開。闥（粵 taat³〔痛殺切〕普 tà）：小門。

⑯ 雕甍（粵 mang⁴〔盟〕普 méng）：經過雕飾的屋脊。甍：屋脊。

⑰ 曠：空闊。盈視：極目而視。此句意指從滕王閣的小門外向下望，山嶺平原盡收眼底。

⑱ 川澤：河流湖澤。紆（粵 jyu¹〔於〕普 yū）：彎曲。駭矚（粵 haai⁵ zuk¹〔蟹

粥〕（普 hài zhǔ）：看了令人吃驚。

⑲ 閭（粵 leoi⁴〔雷〕普 lú）閭：里巷的門，指住宅。撲地：遍地。此句是說遍地都是住宅房屋。

⑳ 鐘鳴鼎食之家：古時貴族鳴鐘列鼎而食，所以鐘鳴鼎食之家即指富貴人家。

㉑ 舸（粵 go²〔竟可切〕普 gě）：大船。艦：戰船。彌：堵塞、滿。津：渡口。此句形容船舶之多。

㉒ 青雀、黃龍：船上青雀和黃龍形狀的裝飾。軸：通「舳」（粵 zuk⁶〔俗〕普 zhú），船尾掌舵處，代指船隻。

㉓ 銷：消散。霽（粵 zai³〔際〕普 jì）：雨過天晴。

㉔ 彩徹：指雨後陽光透徹明亮。彩：陽光。區明：天空一片明朗。區（粵 keoi¹〔驅〕普 qū）：空間，天空。

㉕ 鶩（粵 mou⁶〔務〕普 wù）：野鴨。

㉖ 彭蠡（粵 lai⁵〔禮〕普 lǐ）：鄱（粵 po⁴〔婆〕普 pó）陽湖的古稱。此句是說傍晚歸家的漁舟唱着美妙的歌，聲音蕩漾在整個鄱陽湖畔上。

㉗ 斷：止。衡陽：今湖南省衡陽市，有峯名「回雁峯」，秋天大雁到此不再南飛，要等到來年春天才北返。浦（粵 pou²〔普〕普 pǔ）：水邊。指滕王閣一帶的水濱。

【解讀】

此文所節選的是原文第二段，也是《滕王閣序》中對景物着墨最多的段落，用大氣恢弘的語言，描摹出滕王閣高峻的氣勢和登樓遠眺所見的美景。

王勃借遊覽風光，將高遠澄澈的美景在他的筆下鋪展開來：清澈的寒潭，暮色下散發着紫氣的山巒，層層疊疊，高聳入雲。居高臨下，一眼望不到底。島嶼縈回，鶴飛鳧棲，豪華的宮殿隨着山

勢高低起伏，如入仙境。推開閣門，登臨遠望，山川平原、河流湖泊，盡收眼底。所見的房屋，盡是鐘鳴鼎食的富貴人家，渡口聚集着以青雀黃龍為裝飾的船舶，一派繁華景象。秋雨過後，清新明亮。當中「落霞與孤鶩齊飛，秋水共長天一色」一聯，將動與靜，近與遠，自然地融為一體，如有神助。文末漁舟唱晚，雁陣驚寒，又展現出了一片熱鬧的畫面。如畫風景，一靜一動，盡情鋪展。

　　民初的聞一多先生曾經評價律詩創作為「帶着鐐銬跳舞」，意思是律詩要講究格律，卻依然能寫出優美的詩句。如果從這個意義上來説，優秀的駢文莫不如此。這篇文章就是在遵循駢文嚴格的對偶、韻律，及用典基礎上，充分發揮出作者駕馭文章的能力。這一段選文在寫景上有許多出彩之處。開始先點明時間，引出後文的景色描寫。此段以自己的視線串聯起滕王閣及其周圍的美景，使人如臨其境。登臨送目，先寫「鶴汀鳧渚，桂殿蘭宮」，這是近景，山原、川澤則是視線向更遠處的轉移。除了這種由遠及近距離的變幻，還有上與下的空間的變化。「上出重霄」、「下臨無地」，「秋水共長天一色」，天與水的融合，體現了中國古典審美觀對和諧的追求。這篇駢文，對仗工整，典故信手拈來，流露出作者語言的才華，這確是在駢文對偶、韻律、用典等鐐銬下所跳出的絕美舞蹈。

【文化知識】

滕王閣

　　滕王閣建於唐高宗永徽四年（公元六五三年），為唐高祖李淵之子滕王李元嬰所建，在今江西省南昌市，被譽為江南三大名樓（滕王閣、岳陽樓、黃鶴樓）之一。二十多年後，時任洪州牧的閻公重修滕王閣，並宴請文人雅士作文記事，「初唐四傑」之一的王勃途徑此地，並創作了《滕王閣序》，從而成就了滕王閣的千古名聲。歷史

上滕王閣經過多次重修，卻在一九二六年毀於軍閥戰火，如今所看到的滕王閣，是古建築大師梁思成依據古畫所繪畫的滕王閣，重修而建，為江西省著名的文化景觀。

【練習】
（參考答案見第 171 頁）

❶ 本文寫於甚麼季節？何以見得？

❷ 作者如何突出滕王閣之華美？

❸ 在本段節錄中，作者描寫滕王閣的角度有着怎樣的變化？他看到了甚麼景色？

❹ 試分析「落霞與孤鶩齊飛，秋水共長天一色」一聯有何精妙之處。

落霞孤鶩圖

師說

〔唐〕韓愈

【引言】

在現今社會，從師求學似乎是理所當然的事，但在韓愈生活的唐代卻不盡如此。柳宗元《答韋中立論師道書》有謂：「今之世，不聞有師……獨韓愈奮不顧流俗，犯笑侮，收召後學，作《師說》，因抗顏而為師……愈以是得狂名。」可見韓愈敢於不從社會潮流，在當時「師道之不傳也久矣」的情況下，直接批評時人遠遠比不上古代聖人，卻「恥學於師」，終將面對「愚益愚」的局面，點出不從師的惡果。

韓愈大膽敢言的性格還表現在其他方面。中唐安史亂後，佛、道二教非常盛行，僧尼和道士甚至成為特殊階層，可以「不耕而食，不織而衣」，故韓愈排斥佛、道二教。在元和年間，憲宗遣使迎佛骨，韓愈不怕冒犯皇帝，上表直諫，差點掉了性命！此外，韓愈為了恢復儒家道統，又大力提倡古文運動，主張「文以載道」，改變魏晉南北朝以來一直以駢文為主流的文壇風氣。當時有不少人向韓愈請教，出現不少「韓門弟子」，韓愈可說是將《師說》的道理加以實踐，為學生傳道、授業、解惑。古文運動後來更得柳宗元的支持，終令漢朝以前的古文風尚得以復興，並延續至宋代，這壯舉實在是殊不簡單的。

韓愈主張復古，但在從師之道方面卻有新穎的見解，他主張「無貴無賤，無長無少，道之所存，師之所存也」。從師而不論社會地位和年紀，這大膽的見解在今天是否依然適用呢？

師說①

〔唐〕韓愈

　　古之學者必有師②。師者，所以傳道、受業、解惑也③。人非生而知之者④，孰能無惑⑤？惑而不從師⑥，其為惑也⑦，終不解矣。

　　生乎吾前⑧，其聞道也固先乎吾⑨，吾從而師之⑩；生乎吾後，其聞道也亦先乎吾，吾從而師之。吾師道也⑪，夫庸知其年之先後生於吾乎⑫？是故無貴無賤⑬，無長無少⑭，道之所存，師之所存也⑮。

　　嗟乎！師道之不傳也久矣⑯！欲人之無惑也難矣！古之聖人，其出人也遠矣⑰，猶且從師而問焉；今之眾人，其下聖人也

亦遠矣⑱，而恥學於師⑲。是故聖益聖⑳，愚益愚；聖人之所以為聖，愚人之所以為愚，其皆出於此乎㉑！

愛其子，擇師而教之，於其身也㉒，則恥師焉，惑矣！彼童子之師，授之書而習其句讀者也㉓，非吾所謂傳其道、解其惑者也。句讀之不知㉔，惑之不解，或師焉，或不焉㉕；小學而大遺㉖，吾未見其明也。

巫醫、樂師、百工之人㉗，不恥相師；士大夫之族㉘，曰師、曰弟子云者㉙，則羣聚而笑之。問之，則曰：「彼與彼年相若也㉚，道相似也㉛。位卑則足羞，官盛則近諛㉜。」嗚呼！師道之不復可知矣㉝！巫醫、樂師、百工之人，君子不齒㉞。今其智乃反不能及㉟，其可怪也歟㊱！

聖人無常師㊲，孔子師郯子、萇弘、師襄、老聃㊳。郯子之徒㊴，其賢不及孔子。孔子曰：「三人行，則必有我師㊵。」

是故弟子不必不如師⑪，師不必賢於弟子。聞道有先後，術業有專攻⑫，如是而已。

李氏子蟠⑬，年十七，好古文，六藝經傳⑭，皆通習之⑮，不拘於時⑯，學於余。余嘉其能行古道⑰，作《師說》以貽之⑱。

【作者簡介】

韓愈（公元七六八至八二四年），字退之，南陽（今河南省孟縣）人，唐代著名文學家、政治家。韓愈祖籍昌黎（今河北省昌黎縣），故世稱韓昌黎。唐德宗貞元八年（公元七九二年）中進士，後來擔任國子監四門博士，期間敢為人師，關心青年的發展，弟子眾多。後來升任監察御史，因上書言事而被貶為陽山（今廣東省陽山縣）令。元和十二年（公元八一七年），協助宰相裴度平定淮西亂，因功晉升為刑部侍郎。憲宗信奉佛教，韓愈上《論佛骨表》，直斥佛不可信，觸怒皇帝，被貶為潮州刺史。

韓愈是當時文壇的領袖，啟發、引導了無數青年的發展。他與柳宗元發起了古文運動，主張「文以載道」，反對駢文，提倡散文，對古代散文的發展貢獻至鉅。韓愈是「唐宋八大家」之首，他的散文題材廣泛，擅長說理，成就極高。現存詩文七百餘篇，當中散文近四百篇。

【注釋】

① 說：古代一種議論文文體名稱。

② 學者：求學之人。

③ 所以：用來。道：指儒家的思想學說。受：同「授」，傳授。業：知識，指儒家經典、學說。解惑：解答關於「道」和「業」的疑難。

④ 人非生而知之：出自《論語・述而・第七》：「子曰：『我非生而知之者，好古，敏以求之者也。』」此處化用其意。

⑤ 孰：誰，哪一個。

⑥ 從師：跟隨老師學習。

⑦ 其為惑也：他所存在的疑惑。

⑧ 乎：於，在。

⑨ 聞：聽見，此處意為懂得。固：本來。

⑩ 從而師之：跟從他，以他為師。師：這裏將名詞當作動詞用。

⑪ 吾師道：我學習的是道。師：學習。

⑫ 夫（粵 fu⁴〔符〕普 fú）：文言文中的發語詞，用在句首，無實義。庸知：豈用知道。這句話的意思是：哪需要知道他的年齡比我大還是小？

⑬ 貴、賤：指地位的高低。

⑭ 長、少：指年齡的大小。

⑮ 道之所存，師之所存也：只要有道的地方，就是老師存在之處。

⑯ 師道：從師的風尚。傳：傳承。

⑰ 出人：超出一般人。出：超越，勝過。

⑱ 下：不如。

⑲ 恥學於師：以向老師學習為恥。恥：羞於做某事。

⑳ 是故：因此。聖益聖：聖人愈加聖明。益：更加，越發。

㉑ 其皆出於此乎：大概都是因為這個緣故。其：表示推斷的語氣副詞，相當於「大概」。

㉒ 於其身：對於父親自身而言。身：自身，自己。

㉓ 句讀（粵 dau⁶〔逗〕普 dòu）：古人指文辭休止和停頓處。古代沒有標

點符號，老師教學生讀書的時候，要教他們學習句讀，以便斷句。

㉔ 句讀之不知：不知道句讀。之：賓語（句讀）前置的標誌。

㉕ 或師焉，或不焉：有些人會（因不知句讀而）從師，有些人不會（因不知道而）從師。不：同「否」。

㉖ 小學而大遺：學習了小的方面（句讀），大的方面（道）卻放棄了。遺：放棄。

㉗ 巫醫：古代巫、醫不分，故連用。樂師：歌唱奏樂者。百工：各種工匠。

㉘ 士大夫：在古代指有知識、地位高的人。族：類。

㉙ 曰師、曰弟子云者：稱「老師」、稱「弟子」等等。云者：意為「如此如此」。

㉚ 彼：他。年相若：年齡差不多。

㉛ 道相似：道方面的修養相近。

㉜ 位卑則足羞，官盛則近諛：以地位低的人為師，就感到羞恥；以官職高的人為師，就近於諂媚。足：足以。盛：高，大。

㉝ 師道之不復：從師之道無法復興。

㉞ 君子：這裏是指士大夫。不齒：看不起。

㉟ 乃：竟然。反：反而。

㊱ 歟（粵 jyu⁴〔余〕普 yú）：表示感歎的語氣助詞。

㊲ 常師：固定的老師。

㊳ 郯（粵 taam⁴〔談〕普 tán）子：春秋時郯國（今山東省郯城北）的國君，孔子曾向郯子請教官制。萇（粵 coeng⁴〔詳〕普 cháng）弘：周敬王時的大夫，孔子曾向他請教古樂。師襄（粵 soeng¹〔箱〕普 xiāng）：魯國樂官，孔子曾向他學琴。老聃（粵 daam¹〔耽〕普 dān）：即老子，孔子曾向他學禮。

㊴ 郯子之徒：指郯子、萇弘這些人。

㊵ 三人行，則必有我師：出自《論語・述而・第七》：「子曰：『三人行，必有我師焉。』」

㊶ 不必：不一定。

㊷ 術業有專攻：在學問上，各人有自己專門研究的方向。術業：學業。攻：學習、研究。

㊸ 李氏子蟠（粵 pun⁴〔盤〕普 pán）：即韓愈的弟子李蟠。

㊹ 六藝：即六經，指儒家的六部經典：《詩》、《書》、《禮》、《樂》、《易》、《春秋》，當中《樂經》已不存。經：兩漢及以前的散文。傳：解釋經文的書。

㊺ 通：全部。

㊻ 不拘於時：指沒有受到時代風氣的影響，不以從師學習為恥。於：被。

㊼ 嘉：嘉獎，讚賞。古道：指古代的從師之道。

㊽ 作：寫。貽（粵 ji⁴〔兒〕普 yí）：贈送。

【解讀】

在韓愈生活的時代，社會上普遍存在不重視從師學習的問題。然韓愈卻逆時代而行，抗顏為師，並撰寫《師說》這篇著名的議論文，以極強的勇氣和流暢的筆觸，批評時人以從師為恥的不良風氣，論述從師學習的重要意義，有着針砭時弊的鮮明作用。在論述的時候，作者旁徵博引，氣勢磅礴，具有極強的說服力。

在第一、二段，作者旗幟鮮明地提從師學習的重要性。「古之學者必有師」，說明古人非常重視師道。老師的職責是傳道、授業、解惑，幫助學生解決困惑、增長知識。人不是生來就甚麼都知道的，每個人都有很多困惑，要解決這些困惑，就應該以他人為師。「惑而不從師，其為惑也，終不解矣」，這句從反面論述不從師學習的危害。在選擇老師方面，韓愈提出「無貴無賤，無長無少，道之所存，師之所存」，不用考慮年齡、身份等外在因素，只要這個人懂得知識、明白道理，就足以為師。

第三至五段則直斥現實，批判時人以從師為恥的想法和行為。

在第一段論述完師道的重要性之後，作者在本部分層層遞進，指出「師道之不傳」的危害。首先。作者提及到古時候的聖人尚且「從師而問」，如今人們的知識遠遜於聖人，卻「恥學於師」，這種做法實在令人費解。其次，對待孩童，人們可以「擇師而教之」，至於自己，卻不願意向別人學習。然後，作者又將「巫醫、樂師、百工之人」與「士大夫之族」作比較，指出士大夫之族恥於相師的行為可笑與愚蠢。

第六段以孔子為例，進一步論證從師學習的必要性。孔子是至聖先師，是讀書人心目中的聖人，卻提出「三人行，必有我師焉」，並身體力行，向郯子、萇弘、老子等人學習。據此，作者提出「聖人無常師」、「弟子不必不如師，師不必賢於弟子」的大膽觀點，對後人有着重要的啟發意義。

文章末段則交代寫作本文的緣起，以李蟠作為後生晚輩求學的榜樣，並肯定他的操行與成績，因此寫下這篇議論文，送給李蟠。

本文邏輯嚴密，論點清晰，說理透徹，幾無冗言，表現出作者縝密而非凡的語言功底。文中多處使用排比、對偶，氣勢磅礡，筆力雄健，感情強烈，增強了文章的表現力。「嗟乎」、「嗚呼」等歎詞的使用，更深化了文章的感情，以感染讀者。

【文化知識】

古文運動

古文運動是指唐朝至宋朝期間，提倡復興古文、反對六朝以來駢體文的文體改革運動，是由唐朝的韓愈和柳宗元發起的。在內容上，韓愈提倡「文以載道」，應該用文章來承載儒學大道；在文體上，則主張學習古代聖賢寫文章的方式。此外，韓愈還提出寫文章應去除陳詞濫調，要有所創新。古文運動使唐朝的散文發展到極點，對後代的散文發展產生了深遠的影響。

韓愈擅長各種文體，他的論說文氣勢雄渾，結構嚴謹，邏輯性強，如《師說》、《諫迎佛骨表》等；他的記敍文愛恨分明，抒情性強，如《祭十二郎文》、《柳子厚墓誌銘》等。即便是大文豪蘇軾也稱讚他「文起八代之衰」，的確非常恰當。

【練習】
(參考答案見第 171 頁)

❶ 作者在文章開首如何點明從師的重要性？

❷ 作者在第三段提及「古之聖人」和「今之眾人」，他們之間有何分別？

❸ 第四段「句讀之不知，惑之不解，或師焉，或不焉」在句式上有何特別之處？

❹ 作者認為，選擇老師的時候應作甚麼考慮？試引述原文，並作簡單解釋。

始得西山宴遊記

〔唐〕柳宗元

【引言】

　　愁眉不展的時候，舒解身心的最好方法，也許就是親近大自然了。比如可以在漆黑的夜空下，躺在一大片草原上，直觀浩瀚無垠的星空——羣星擱在天河上，明明暗暗的閃爍着，忽爾一顆流星劃過，那可是在多少光年以外的呢？相形之下，人顯得相當渺小，人生中的丁點煩憂就更不算得甚麼了。我相信柳宗元遊過西山以後，自然美景令他為之動容，得到一點與遊山前有所不同的體會，因而才有「遊於是乎始」的啟發。

　　柳宗元仕途失意，他所參與的「永貞革新」因遭到宦官及守舊官僚的反對而失敗，及後他更被貶為永州司馬。他認為自己既遭貶謫，是帶罪之身，每每感到惶恐不安，只好借攀山涉水以解煩憂。他帶着這樣的心情經常出遊，以為已經盡覽永州「山水之有異態者」。可是，遊過西山以後，他才發覺這想法是錯誤的——

　　他攀上西山之巔，感到「悠悠乎與灝氣俱，而莫得其涯；洋洋乎與造物者遊，而不知其所窮」。讀這組句子的時候，感到遊者幾乎化成一朵浮雲，在羣山萬壑之中漂蕩，徜徉於天地之間，無邊無際地徘徊；渾然忘卻自身之存在，飄到太初與造物者同遊。飄飄然忘

卻物我之差、忘卻時間和空間⋯⋯遊者的煩憂也不覺被忘掉了，這簡直達到與萬化冥合的境界呢！且看柳宗元如果放開懷抱、與自然融合吧！

始得西山宴遊記①

〔唐〕柳宗元

　　自余為僇人②，居是州③，恆惴慄④。其隟也⑤，則施施而行，漫漫而遊⑥。日與其徒上高山⑦，入深林，窮迴谿⑧，幽泉怪石，無遠不到。到則披草而坐⑨，傾壺而醉。醉則更相枕以臥，臥而夢。意有所極，夢亦同趣⑩。覺而起⑪，起而歸。以為凡是州之山水有異態者，皆我有也⑫，而未始知西山之怪特。

　　今年九月二十八日，因坐法華西亭⑬，望西山，始指異之⑭。遂命僕人過湘江⑮，緣染溪⑯，斫榛莽⑰，焚茅茷⑱，窮山之高而止⑲。攀援而登⑳，箕踞而遨㉑，

則凡數州之土壤，皆在衽席之下㉒。其高下之勢，岈然窪然㉓，若垤若穴㉔，尺寸千里，攢蹙累積㉕，莫得遯隱㉖。縈青繚白㉗，外與天際，四望如一。然後知是山之特出㉘，不與培塿為類㉙。悠悠乎與灝氣俱㉚，而莫得其涯；洋洋乎與造物者遊㉛，而不知其所窮。引觴滿酌㉜，頹然就醉，不知日之入㉝。蒼然暮色，自遠而至，至無所見，而猶不欲歸。心凝形釋，與萬化冥合㉞。然後知吾嚮之未始遊㉟，遊於是乎始㊱。故為之文以志㊲。是歲元和四年也㊳。

【作者簡介】

柳宗元（公元七七三至八一九年），字子厚，河東（今山西省運城市一帶）人，世稱「柳河東」，官至柳州（今廣西省柳州市）刺史，故又稱「柳柳州」。唐德宗貞元九年（公元七九三年）進士。柳宗元在朝時與時任度支使王叔文政見相同，於是參與了王叔文領導的「永貞革新」，可惜事敗，結果柳宗元被貶為邵州（今山西省垣曲縣）刺史，赴任途中又被加貶為永州司馬。在永州十年，柳宗元博

覽羣書，遊歷山水，與當地文人交遊，《柳河東全集》中的大半篇目都是在永州時期創作的。唐憲宗元和十年（公元八一五年）回到長安，卻很快又被貶為柳州刺史，四年後在柳州任內去世。柳宗元一生詩文創作很多，散文成就很高，他與韓愈共同領導古文運動，主張「文道合一」，寫作要言之有物。他的散文種類繁多，內容豐富，山水遊記如「永州八記」，政論文如《封建論》，人物傳記如《種樹郭橐駝傳》、《梓人傳》等，筆鋒犀利，技巧純熟，是唐代復古散文的典範。

【注釋】

① 西山：位於今湖南省永州市西，高不過百米，與「鈷鉧潭」、「西小丘」、「小石潭」、「石渠」等景點相鄰，都是《永州八記》中主要描寫對象。詳見後文「文化知識」。

② 僇（粵 luk⁶〔六〕普 lù）人：同「戮人」，即受過刑罰的人，罪人。

③ 是州：即永州。是：這。

④ 恆：經常。惴（粵 zeoi³〔最〕普 zhuì）：恐懼。慄（粵 leot⁶〔律〕普 lì）：通「慄」，因恐懼而發抖。

⑤ 隟（粵 gwik¹〔瓜色切〕普 xì）：同「隙」，空隙，這裏指空閒的時間。

⑥ 施（粵 ji⁶〔二〕普 yì）施：慢慢行走的樣子。漫漫：漫無目的的樣子。

⑦ 徒：同伴。

⑧ 窮：走到盡頭。迴谿：迂迴曲折的河流。谿：同「溪」，河流。

⑨ 披：分開。這裏指用手分開草地，席地而坐。

⑩ 意有所極，夢亦同趣：心裏有嚮往的好境界，夢裏也就有着相同的樂趣。極：盡頭、最高境界，這裏指嚮往的境界。

⑪ 覺（粵 gok³〔角〕普 jué）：睡醒。

⑫ 有：這裏指已經遊覽過。

⑬ 法華：指永州城東的法華寺。西亭：法華寺內的亭子，是柳宗元主持修建的。

⑭ 指：指向，指着。異之：覺得它（西山）奇特。

⑮ 湘江：指今天的瀟水。

⑯ 緣：沿着。染溪：瀟水的一條支流。

⑰ 斫（粵 zoek³〔爵〕普 zhuó）：砍，削。榛（粵 zeon¹〔津〕普 zhēn）：樹名，這裏泛指叢生的樹木。莽（粵 mong⁵〔網〕普 mǎng）：叢生的草。

⑱ 茷（粵 fat⁶〔罰〕普 fá）：草葉茂盛的樣子。

⑲ 窮山之高而止：一直把雜草砍除、焚燒，直到山的最高處才停止。窮：盡，這裏指把榛莽、茅茷砍除、焚燒淨盡。

⑳ 攀援：這裏指手腳並用地登山。

㉑ 箕踞（粵 gei¹ geoi³〔基據〕普 jī jù）：像簸箕那樣分開兩腿坐着。在正式場合這樣坐是不禮貌的，這裏強調自由、放鬆的狀態。踞：伸腿而坐。遨（粵 ngou⁴〔熬〕普 áo）：遊玩。

㉒ 衽（粵 jam⁶〔任〕普 rèn）席：供人睡臥的席子。

㉓ 岈（粵 haa¹〔蝦〕普 xiā）然：山勢隆起的樣子。窪（粵 waa¹〔娃〕普 wā）然：山谷深陷的樣子。

㉔ 垤（粵 dit⁶〔秩〕普 dié）：小山丘。

㉕ 攢（粵 cyun⁴〔全〕普 cuán）：聚集。蹙（粵 cuk¹〔速〕普 cù）：聚攏，收縮。

㉖ 莫得遯隱：沒有甚麼可以隱藏。遯（粵 deon⁶〔鈍〕普 dùn）：同「遁」，逃走、匿藏。

㉗ 縈（粵 jing⁴〔形〕普 yíng）青繚（粵 liu⁴〔聊〕普 liáo）白：青山縈回，白水繚繞。「青」和「白」分別代指高山和河流。

㉘ 特出：有版本作「特立」，特殊，不同一般。

㉙ 培（粵 bau⁶〔並就切〕普 pǒu）塿（粵 lau⁵〔柳〕普 lǒu）：小土丘。

㉚ 悠悠：安閒的樣子。灝（粵 hou⁶〔浩〕普 hào）氣：天地間的大氣。

㉛ 洋洋：悠然自得的樣子。

㉜ 引觴：拿起酒杯。

㉝ 日之入：指太陽下山，日落。

㉞ 與萬化冥合：與萬物融為一體。

㉟ 嚮（粵hoeng³〔向〕普xiàng）之未始遊：以前並沒有真正遊覽。嚮，以前。

㊱ 遊於是乎始：真正的遊賞從這裏開始。於是：從這裏。

㊲ 志：通「誌」，記錄，記載。

㊳ 元和四年：公元八零九年。元和：唐憲宗李純的年號（公元八零六至八二零年）。

【解讀】

　　本文作於柳宗元被貶到永州的第五年，即元和四年。當時的永州荒涼僻遠，土地貧瘠，作者到任後不久，丁母憂，加上朝中昔日的同僚因「永貞革新」事敗而被處死，作者身心不斷受到攻擊，心情的壓抑可想而知。在這種情況下，作者只好寄情山水，尋求精神上的慰藉。他在永州寫下二十多篇遊記，其中最著名的有八篇，即《永州八記》，本文就是《永州八記》的第一篇。

　　雖然是山水遊記，本文開頭卻沒有直接寫景，而是說自己長久以來心緒不佳，「施施」、「漫漫」這樣緩慢、無目的的情態，顯示出作者當時彷徨而苦悶的心情，這暗示了遊覽的緣由，同時也確定了全文不甚高揚的情感基調。作者然後說自己早已遊覽了一些地方，自以為永州的山水都已經遊遍了，卻從來不知道還有與眾不同的西山。「未始知」與題目的「始得」相呼應，表現出作者發現西山景色時的欣喜。

　　提出「今年九月二十八日」這個明確的時間，可見遊西山給作者留下的深刻印象。在法華寺西亭遠望，才發現西山景色之異，作者為之吸引，一路不辭辛苦，直攀到頂峯，頗有跋山涉水，披荊斬棘之勢，可見西山對作者的吸引力之大。登頂之後舉目四望，「數州

之土壤」都在自己腳下，從側面寫了西山之高。又寫西山丘壑起伏，山勢險峻，不與旁邊的小土丘為伍，這就令讀者意識到，文中的「怪特」不止是寫山，其實也暗指作者自己傲岸獨立，不與世俗同流合污的性格。在這「物我合一」的境界中，作者似乎感受到天地間無邊無際的浩然之氣，自己也融入其中，不知所止。至此，作者似乎已經忘記了世俗的煩惱，乃至忘記了自己的形骸，與萬物融為一體。這種狀態，可以説是一種精神的昇華，作者在之前的遊覽中並未有過這樣的體驗，所以其實不算真正遊過永州。到了西山，才使作者有了全新的感受和體會，從貶謫的消沉中稍作解脱，從自然景色的魅力中獲得安慰。

文章以西山的「特出」來隱喻自己的高潔。通過寫西山景色的幽深，表達了作者曲折複雜的心境。而暮色中的山景，境界闊大，含蓄深沉，寓情於景，體現出作者純熟的寫作技巧。

【文化知識】

《永州八記》

《永州八記》是柳宗元被貶為永州司馬時，借遊山玩水而抒發胸中憂憤的遊記，由《始得西山宴遊記》、《鈷鉧潭記》、《鈷鉧潭西小丘記》、《至小丘西小石潭記》（或《小石潭記》）、《袁家渴記》、《石渠記》、《石澗記》和《小石城山記》八篇遊記組成，當中前四記作於元和四年，後四記則在元和七年時作。

「鈷鉧潭」、「西小丘」、「小石潭」、「袁家渴」、「石渠」、「石澗」、「小石城山」等，都是西山一帶的景點，這些景點中的流水、游魚、奇木、怪石等大自然景物，在柳宗元筆下，都被描寫得「清瑩秀澈，鏘鳴金石」（柳宗元《愚溪詩序》），難怪《永州八記》一出，就吸引了歷代文人雅士慕名而來，專程遊歷永州之幽美。

【練習】

(參考答案見第 172 頁)

❶ 根據第一段內容,為何作者認為「凡是州之山水有異態者,皆我有也」?

❷ 文中哪些句子記述了作者登上西山的經過?當中運用了甚麼手法?這樣寫又可帶來甚麼效果?

❸ 作者在西山之巔可以看到甚麼景色?

❹ 作者飽覽西山勝景後,心情是怎樣的?這如何跟文章開首所寫的心情互相呼應?

阿房宮賦

〔唐〕杜牧

【引言】

　　綜觀現今世界各國，不難從新聞得悉各地人民不時因政治、經濟、社會民生等問題示威抗議，甚至爆發衝突和騷亂。若情況一發不可收拾，勢必影響國計民生。作為統治者，相信不希望上述情況出現，但若要勵精圖治、長治久安而又受人民擁戴，可以怎樣做？順從民意、尊重人民意願？以統治者意願先行、以家長式治國？也許杜牧的《阿房宮賦》可以給我們一點啟示。

　　本篇是作者針砭時弊之作，他先寫阿房宮的興建和被毀，繼而帶出秦朝的興滅之因，從而諷諭當時的君王唐敬宗不要重蹈秦亡之覆轍，表達他對朝政的關心和憂慮。值得注意的是，作者在篇末以六國及秦朝滅亡之事，點出統治者應具「愛其人」的治國理念，在施政前必須考慮人民的需要和感受，你認為這種治國理念是否適用於現代社會？

　　作者在本篇具體而細緻地描寫了阿房宮，諸如宮殿周圍的山川形勢、空間分佈、建築特色，以至宮中的人物活動等，讓讀者透過紛繁的描寫，想像宮殿之美、人物之多，從而感受秦始皇窮奢極侈、揮霍無度的生活。除此以外，作者又着力對秦亡原因發表議

論，例如「秦愛紛奢」，以突出百姓敢怒不敢言之苦。作者在描寫和議論過程中，運用了豐富多變的寫作技巧，有助表情達意之餘，亦構成本篇的寫作特色。

阿房宮賦①

〔唐〕杜牧

六王畢②，四海一③。蜀山兀④，阿房出⑤。覆壓三百餘里，隔離天日⑥。驪山北構而西折⑦，直走咸陽⑧。二川溶溶⑨，流入宮牆。五步一樓，十步一閣。廊腰縵迴⑩，簷牙高啄⑪。各抱地勢⑫，勾心鬥角⑬。盤盤焉⑭，囷囷焉⑮，蜂房水渦⑯，矗不知其幾千萬落⑰。長橋臥波⑱，未雲何龍⑲？複道行空⑳，不霽何虹㉑？高低冥迷㉒，不知西東。歌台暖響，春光融融㉓；舞殿冷袖，風雨淒淒㉔。一日之內，一宮之間，而氣候不齊。

妃嬪媵嬙㉕，王子皇孫，辭樓下殿㉖，

輦來於秦㉗。朝歌夜弦，為秦宮人㉘。明星熒熒，開妝鏡也㉙；綠雲擾擾，梳曉鬟也㉚。渭流漲膩，棄脂水也㉛；煙斜霧橫，焚椒蘭也㉜；雷霆乍驚，宮車過也㉝；轆轆遠聽，杳不知其所之也㉞。一肌一容，盡態極妍㉟，縵立遠視㊱，而望幸焉㊲。有不得見者，三十六年㊳。

燕、趙之收藏，韓、魏之經營，齊、楚之精英㊴，幾世幾年，剽掠其人㊵，倚疊如山。一旦不能有，輸來其間㊶。鼎鐺玉石㊷，金塊珠礫㊸，棄擲邐迤㊹，秦人視之，亦不甚惜㊺。

嗟呼！一人之心，千萬人之心也㊻。秦愛紛奢㊼，人亦念其家㊽。奈何取之盡錙銖，用之如泥沙㊾？使負棟之柱㊿，多於南畝之農夫(51)；架梁之椽(52)，多於機上之工女(53)；釘頭磷磷(54)，多於在庾之粟粒(55)；瓦縫參差，多於周身之帛縷(56)；直欄橫檻(57)，多於九土之城郭(58)；管弦嘔啞(59)，

多於市人之言語。使天下之人，不敢言而敢怒。獨夫之心⁶⁰，日益驕固⁶¹。戍卒叫⁶²，函谷舉⁶³，楚人一炬，可憐焦土⁶⁴。

　　嗚呼！滅六國者，六國也，非秦也。族秦者⁶⁵，秦也，非天下也。嗟夫！使六國各愛其人，則足以拒秦；使秦復愛六國之人，則遞三世可至萬世而為君⁶⁶，誰得而族滅也？秦人不暇自哀，而後人哀之；後人哀之而不鑒之，亦使後人而復哀後人也⁶⁷。

【作者簡介】

　　詳見上冊《過華清宮》。

【注釋】

① 阿（粵 o¹〔柯〕 普 ē）房（粵 pong⁴〔旁〕 普 páng）宮：秦始皇興建、規模極其宏大的大型宮殿，項羽入咸陽時焚燬，遺址在今陝西省西安市西阿房村。賦：中國古典文學的一種文體，介乎散文和詩歌之間的韻文，盛於漢魏六朝。

② 六王：戰國時期的山東六國，即齊、楚、燕、韓、趙、魏。畢：完

畢，結束，指為秦所滅。

③ 四海：借指天下。一：用作動詞，統一。

④ 蜀山：蜀地山岳。兀（粵 ngat⁶〔訖〕普 wù）：高而上平，形容禿山。
這句話的意思是，蜀地山上所有樹木都被砍伐，以建造阿房宮，形
容阿房宮耗費巨大。

⑤ 出：建成。

⑥ 覆壓三百餘里，隔離天日：阿房宮宮殿樓閣接連不斷，佔地極廣而
高大宏偉，遮蔽了天空。

⑦ 驪（粵 lei⁴〔離〕普 lí）山：秦嶺北側的一個支脈，在今陝西省臨潼縣
東南。北構而西折：指阿房宮從驪山北麓建起，後折向西邊。

⑧ 直走：一直通往。

⑨ 二川：指渭川和樊川兩條河。溶溶：河水緩緩流動的樣子。

⑩ 廊腰：走廊、迴廊的轉折處。縵（粵 maan⁶〔慢〕普 màn）回：像絲帶
一樣縈回曲折。縵：沒有彩色花紋的絲織品。

⑪ 簷（粵 jim⁴〔嫌〕普 yán）牙：指屋簷邊沿翹出像獸牙的部分。高啄：
形容簷角高聳，像禽鳥啄東西。

⑫ 各抱地勢：宮殿依地勢而建，與地形相合。

⑬ 勾心鬥角：形容宮室結構錯綜複雜、重疊交錯、對峙並列。

⑭ 盤盤：盤旋曲折的樣子。

⑮ 囷（粵 kwan¹〔坤〕普 qūn）囷：屈曲迴旋的樣子。

⑯ 蜂房水渦：比喻宮殿房室密集眾多，像蜂房，像漩渦。

⑰ 矗：高聳。落：座、所。這句話是說，宮殿裏高聳的樓閣不知有幾
千萬座。

⑱ 長橋：阿房宮中橫跨渭水的長橋。臥波：指橫跨水上。

⑲ 龍：以龍比喻長橋。整句意思是：明明這裏不是天空，沒有雲，為
何會出現了龍？

⑳ 複道：樓閣間的上下兩重通道。行空：指複道高架在樓閣之間。

㉑ 霽：雨雪停止。整句意思是：明明沒有下雨，為何會出現彩虹？

㉒ 冥迷：迷蒙，迷茫。這裏指樓閣太多，高低參差，幽冥迷離。

㉓ 「歌台」兩句：宮人在台上唱的歌美妙動聽，洋溢暖意，如同春光一般溫暖。

㉔ 「舞殿」兩句：舞殿因舞女衣袖舞動所引起的風而冷了起來，如同身處淒風冷雨之中。

㉕ 嬪（粵pan⁴〔貧〕普pín）：古代宮中女官。媵（粵jing⁶〔認〕普yìng）：指隨嫁的人。嬙（粵coeng⁴〔詳〕普qiáng）：古代宮中女官名。

㉖ 辭樓下殿：六國的宮女妃嬪、王子王孫們，被迫離開了故國的宮殿閣樓。

㉗ 輦（粵lin⁵〔李免切〕普niǎn）來於秦：乘坐輦車來到秦國。輦：以人力推拉的車，作動詞用，指乘車。

㉘ 「朝歌」兩句：白天唱歌，晚上彈琴，成為秦國的宮人。

㉙ 「明星」兩句：像明星閃爍，那是因為她們打開梳妝鏡在梳妝。熒熒：閃爍的樣子。

㉚ 綠雲：指烏黑濃密的頭髮。擾擾：多而紛亂。鬟：指髮髻。

㉛ 「渭流」兩句：渭水上漲起了一層脂膏，是宮女們傾倒的洗臉水。膩（粵nei⁶〔你味切〕普nì）脂水：滿是脂粉的洗臉水。

㉜ 「煙斜」兩句：煙霧飄揚，是她們點燃了椒蘭等香料。

㉝ 「雷霆」兩句：秦始皇的宮車經過時，如雷霆震動。

㉞ 轆轆：車前行的聲音。杳：遠。之：前往。

㉟ 「一肌」兩句：每寸肌膚，每種姿容，都嬌媚極了。

㊱ 縵立：久立。

㊲ 幸：為皇帝所寵愛。

㊳ 三十六年：指的是秦始皇從公元前二四六至公元前二一零年在位期間的三十六年。此二句是指很多宮中的美女一生也未見過秦始皇一面。

㊴ 收藏、經營、精英：泛指六國的金玉珍寶等物。

㊵ 剽掠（粵piu⁵ loek⁶〔抱了切 略〕普piāo lüè）：搶劫，掠奪。其人：六國人民。

㊶ 「一旦」兩句：六國一旦亡國，便無法保護這些珍寶，全都被送進阿

房宮了。

㊷ 鼎鐺玉石：把寶鼎看作鐵鍋，把美玉看作石頭。鐺（粵 caang^{1}〔撐〕普 chēng）：古代一種有腳的鍋。

㊸ 金塊珠礫：把黃金看作土塊，把珍珠看作石子。

㊹ 邐迤（粵 lei^{5} ji^{5}〔李耳〕普 lǐ yǐ）：綿延，連續不斷，到處都是。

㊺ 秦人：指阿房宮中的秦國人。不甚惜：不覺可惜。

㊻「一人」兩句：指人心相同。

㊼ 秦愛紛奢：秦始皇喜歡華麗奢侈（的生活）。

㊽ 人亦念其家：老百姓也希望家庭生活幸福美滿。念：顧念，關心。

㊾「奈何」兩句：為甚麼搜刮得那麼仔細，揮霍又那麼無度呢？錙銖（粵 zi^{1} zyu^{1}〔蜘蛛〕普 zī zhū）：古代重量名稱，一錙為六銖，一銖為二十四分之一兩，即今之一點五克，比喻其細微。這是説連一丁點的財寶也要搜刮。

㊿ 使：致使。負棟之柱：承擔棟樑的柱子。

(51) 南畝：農田。南為向陽之處，古人多以南畝代指農田。

(52) 椽（粵 cyun^{4}〔全〕普 chuán）：放在橫樑上架着屋頂的木條。

(53) 機：指織布機。

(54) 磷磷：形容清晰可見的釘頭。

(55) 庾（粵 jyu^{5}〔雨〕普 yǔ）：露天的穀倉，這裏泛指糧倉。

(56) 參差：這裏指瓦片短不一。帛縷：絲線。

(57) 直欄橫檻（粵 haam^{5}〔厚濫切〕普 jiàn）：縱橫交錯的欄杆。

(58) 九土：九州，代指中國。

(59) 嘔啞（粵 au^{1} aa^{1}〔勾鴉〕普 ōu yā）：形容聲音嘈雜。

(60) 獨夫：這裏指秦始皇。

(61) 驕固：驕橫頑固、自以為是。

(62) 戍卒叫：指陳勝、吳廣起義。

(63) 函谷舉：劉邦在公元前二零六年攻陷函谷關，入咸陽，秦王子嬰出降。

(64)「楚人一炬」兩句：項羽入關後燒燬秦國阿房宮，據説大火三月不滅。

⑥ 族：動詞，滅族。

⑥ 使：假使。愛：珍惜，關顧。人：借指百姓。遞三世：指帝位傳承了三代，即秦始皇、秦二世、秦王子嬰。

⑥ 「後人」兩句：如果後人哀悼他們（秦人）但自身卻不吸取教訓，那只會讓往後的人哀悼他們。

【解讀】

唐敬宗即位之後，昏憒（粵 kui² 〔繪〕 普 kuì）無德，荒淫無度，搜刮民脂民膏，大興宮殿建設。杜牧在《上知己文章啟》中寫道：「寶曆（敬宗年號，代指敬宗）大起宮室，廣聲色，故作《阿房宮賦》。」可見杜牧作此賦，意在借秦始皇造阿房宮之事，向君主示警。因此，這篇並非一篇純粹描繪阿房宮的賦作，而是借對宮殿的描繪，批評秦始皇，乃至是敬宗的奢侈荒淫。賦作通過描寫阿房宮的興建和毀滅，全面總結了秦朝統治者驕奢亡國的歷史經驗，向在位者發出警告，體現了作者關心時政、匡世濟俗的儒家情懷。

第一段寫阿房宮壯麗雄偉的氣勢和規模。「六王畢，四海一。蜀山兀，阿房出」，四個短句音節緊湊，突兀有力，寫出了秦國統一天下的氣概。接着，作者描寫阿房宮的宏偉規模。如此巨大的一座宮殿，在描述的時候，即不能失之空洞，又不能過於繁瑣，是對作者語言功力極大的考驗。杜牧用極為概括的語言，比喻、誇張等藝術手法，描繪了阿房宮的走廊、屋簷、樓閣、通道等建築，渲染宮內的奇麗壯觀。作者還通過豐富的想像，寫到宮內的歌舞竟然能影響天氣的變化，阿房宮之大，令人歎為觀止。

第二段描繪宮殿裏的人物。秦始皇滅六國之後，將六國的美女也搜掠至阿房宮中。所以，阿房宮內美女極多，致使有的美女一生中都未能見到皇帝。美女們的生活也非常奢侈。為了說明這一點，作者誇張地描寫她們美麗的面容、閃亮的妝鏡、塗抹的胭脂、焚燒

的香料⋯⋯繪聲繪色，極盡渲染之能事。

第三段寫秦國對六國的殘酷掠奪及驚人的奢侈浪費。既寫六國剽掠無數，搜刮如山財富，又寫秦人揮霍無度，視金玉若土礫。這些描寫極盡誇張渲染，表現出作者對秦朝的憤怒和諷刺。

第四段痛斥秦統治者只圖私利不顧民生，一方面橫徵暴斂，一方面又揮霍無度，揭示秦朝滅亡的原因。「嗟乎」一詞，表達出作者的悲憤之情。秦始皇為了維持自己奢侈的生活，反而使百姓民不聊生，怨聲載道。所以當陳勝、吳廣發動起義之後，立即得到天下人的回應。劉邦破函谷關而入，子嬰出降，項羽的一把火，更燒掉三百餘里的阿房宮，使秦朝徹底歸於滅亡。

最後一段為全賦主旨，指出六國之亡，強秦之滅，原因都在自身。最根本的原因就是缺乏對百姓的關愛，六國、秦朝都極力搜刮百姓的財富，致使人心背離。所以，作者語重心長地告誡後人，尤其是唐朝的統治者，必須從秦朝的滅亡中吸取教訓，愛惜民力，否則只會重蹈秦亡之覆轍，為後人所嗟歎。

賦這種文體講究鋪陳排比，句式錯落有致，聲律協調統一，追求駢偶，講究詞藻。杜牧的《阿房宮賦》充分發揮了這些優點：句式整齊，音調鏗鏘，感情強烈，說理尖銳，文辭優美，意義嚴正。既寫出阿房宮的雄偉壯觀，也闡述秦始皇的奢侈浪費，並從中帶出深刻的歷史教訓，以警示當權者和後世之人。

【文化知識】

秦始皇大興土木

阿房宮、萬里長城、秦始皇陵和秦直道堪稱「秦朝四大工程」，不但耗費了大量人力、物力，對秦朝的財政造成巨大的壓力之餘，更引起百姓的不滿。

秦始皇滅六國之後，認為先王的宮殿太小，於是下令修建阿房

宮，阿房宮佔地廣闊，裝飾華美，可惜也勞民傷財。直至秦始皇去世、秦國滅亡，阿房宮還沒有修建完成。為了抵禦北方遊牧民族匈奴的入侵，秦始皇下令修築長城，同樣耗費巨大財力、物力，無數人在服役修築長城時客死他鄉。著名的「孟姜女哭崩長城」的故事就是發生在這一時期，反映了修築長城對百姓造成的傷害。秦始皇陵的修建歷時三十九年，是中國歷史上第一個大規模的帝王陵寢。其內建有各式宮殿，陳列着無數奇珍異寶，還有無數兵馬俑，至為奢華。而秦直道是秦始皇下令修建的一條重要軍事通道，南起咸陽，北至內蒙，長達七百多公里。

【練習】

（參考答案見第 173 頁）

❶ 根據第一段內容，作者如何描寫阿房宮的樓閣？

❷ 作者運用了甚麼手法，以突出六國宮眷的生活面貌？

❸ 本篇重在對阿房宮的描述，為何在第三段點出「燕、趙之收藏，韓、魏之經營，齊、楚之精英」？

❹ 第四段的句式安排有何特色？這樣安排又有何作用？

六國論

〔北宋〕蘇洵

【引言】

　　現代社會普遍主張思想、言論自由，不少人如遇社會不公，多利用傳媒或網上平台表達訴求，甚至對管治者直斥其非。古人的情況卻有點不同，以文章直接訓斥統治者未必是明智之舉，因而普遍採取含蓄委婉的方法，表達意見。《新唐書・魏徵傳》有謂：「以古為鑒，可以知興替。」既然統治階層大都重視歷史，借古諷今就不失為一個好方法。

　　蘇洵《六國論》以六國相繼破滅的歷史為例，着北宋政府以史為鑒，讓統治者明白不斷對遼、西夏奉以歲幣、絹匹等貢物，並不能解除北宋所面對的外患，反而令這些外族的野心愈燒愈猛，終至派兵大舉侵宋，掠奪土地而後止。蘇洵在文中用了一個極生動的比喻：「以地事秦，猶抱薪救火，薪不盡，火不滅。」正正切合六國之於秦和北宋之於外族的處境。

　　蘇洵善寫論說文，他在篇首點明「六國破滅，非兵不善，戰不利，弊在賂秦」，開宗明義，論點鮮明。繼而又補充「不賂者以賂者喪，蓋失強援，不能獨完」，明確地指出「賂秦」為六國破滅的致命傷，「不賂者」亦備受連累。作者先在篇首交代論點，繼而分別就「賂秦」及「不賂秦」加以分析，條理清晰。此外，作者善用不同的

論說技巧，如語例、史例、設例等，以增強說服力。作者在本篇多用排比句式，行文流暢、氣勢澎湃，更見其議論之滔滔不絕！

六國論①

〔北宋〕蘇洵

　　六國破滅，非兵不利②、戰不善，弊在賂秦③。賂秦而力虧④，破滅之道也⑤。或曰⑥：「六國互喪⑦，率賂秦耶⑧？」曰：「不賂者以賂者喪。蓋失強援，不能獨完⑨。故曰弊在賂秦也。」

　　秦以攻取之外⑩，小則獲邑，大則得城⑪。較秦之所得，與戰勝而得者⑫，其實百倍⑬；諸侯之所亡，與戰敗而亡者⑭，其實亦百倍。則秦之所大欲，諸侯之所大患，固不在戰矣⑮。思厥先祖父⑯，暴霜露⑰，斬荊棘⑱，以有尺寸之地⑲。子孫視之不甚惜，舉以予人⑳，如棄草芥㉑。今日割五城，明日割十城，然

後得一夕安寢㉒。起視四境，而秦兵又至矣。然則諸侯之地有限，暴秦之欲無厭㉓，奉之彌繁㉔，侵之愈急，故不戰而強弱勝負已判矣㉕。至於顛覆㉖，理固宜然㉗。古人云：「以地事秦，猶抱薪救火，薪不盡，火不滅㉘。」此言得之㉙。

齊人未嘗賂秦，終繼五國遷滅㉚，何哉？與嬴而不助五國也㉛。五國既喪，齊亦不免矣。燕、趙之君，始有遠略㉜，能守其土，義不賂秦㉝。是故燕雖小國而後亡，斯用兵之效也。至丹以荊卿為計㉞，始速禍焉㉟。趙嘗五戰於秦㊱，二敗而三勝。後秦擊趙者再㊲，李牧連卻之㊳。洎牧以讒誅㊴，邯鄲為郡㊵，惜其用武而不終也。且燕、趙處秦革滅殆盡之際㊶，可謂智力孤危㊷，戰敗而亡，誠不得已。向使三國各愛其地㊸，齊人勿附於秦，刺客不行㊹，良將猶在㊺，則勝負之數㊻，存亡之理㊼，當與秦相較㊽，或未易量㊾。

嗚呼！以賂秦之地，封天下之謀臣[50]，以事秦之心，禮天下之奇才[51]，並力西嚮[52]，則吾恐秦人食之不得下咽也。悲夫！有如此之勢，而為秦人積威之所劫[53]，日削月割，以趨於亡。為國者無使為積威之所劫哉[54]！

　　夫六國與秦皆諸侯，其勢弱於秦[55]，猶有可以不賂而勝之之勢。苟以天下之大[56]，而從六國破亡之故事[57]，是又在六國下矣[58]！

【作者簡介】

　　蘇洵（公元一零零九年至一零六六年），字明允，眉州眉山（今四川省眉山市）人，北宋著名文學家，與兒子蘇軾和蘇轍同列「唐宋八大家」之中，世稱「三蘇」。蘇洵年少不學，仁宗慶曆七年（公元一零四七年）參加進士考試失敗，回家之後將舊有文稿全部焚燒，閉門潛心讀書。嘉佑元年（公元一零五六年），攜二子赴京師考試，得到歐陽修、韓琦等人的推薦，授為祕書省校書郎，後為霸州文安縣（今屬河北省）主簿。後受命參與修纂《太常因革禮》，修成之後不久就去世了。著有《嘉佑集》。蘇洵長於論說文寫作，風格雄奇犀利，氣勢浩蕩，很有戰國時期縱橫家的氣質。

【注釋】

① 《六國論》：本文選自《嘉佑集》，原題《六國》，通行本題為《六國論》。六國：燕、趙、韓、魏、齊、楚，統稱「山東六國」，與崤山以西的秦國相對。

② 兵：兵器。

③ 弊：弊病。賂（粵 lou⁶〔路〕普 lù）：賄賂，討好。

④ 力虧：國力被削弱。

⑤ 破滅之道：國家滅亡的原因。道，道理，原因。

⑥ 或曰：有人說。

⑦ 互喪：相繼滅亡。

⑧ 率：都，完全。耶：表示疑問的語氣助詞，用在句末。

⑨ 強援：強大的後援。獨完：獨自保全國家，獨善其身。

⑩ 以攻取：通過戰爭奪取。

⑪ 邑：小城。城：大的城池。

⑫ 所得：指秦受其他諸侯國賄賂所得到的土地。

⑬ 其實：它的實際數量。

⑭ 所亡：指諸侯國因賄賂秦國而失去的土地。

⑮ 固：本來。

⑯ 厥（粵 kyut³〔決〕普 jué）：他們的。先祖父：泛指先輩。

⑰ 暴（粵 buk⁶〔僕〕普 pù）：暴露於，冒着。

⑱ 斬荊棘：古人開荒種地，需要先將地上的荊棘砍掉。這裏形容創業艱難。

⑲ 尺寸：尺和寸都是很小的長度單位，這裏用來形容國土極小。

⑳ 惜：珍惜。舉：拿起來。予：送給。

㉑ 草芥：小草，用以比喻卑賤的東西。

㉒ 一夕：一夜。比喻時間極短。

㉓ 暴：殘暴。厭：通「饜」，滿足。

㉔ 奉：恭敬地送上。彌：更，更加。繁：多。

㉕ 判：決定。

㉖ 顛覆：滅亡。

㉗ 理固宜然：按道理說本來就是這樣。

㉘ 「以地事秦」句：語出戰國時代著名的縱橫家蘇代。蘇代是蘇秦的弟弟，和蘇秦一樣主張六國聯合對抗秦國。事見《史記・魏世家》。

㉙ 得之：有道理。

㉚ 遷滅：徹底消亡。遷，離散。六國破滅的次序為：韓、趙、魏、楚、燕、齊。

㉛ 與：結交，建立外交關係。嬴（粵 jing⁴〔盈〕普 yíng）：秦國國姓，代指秦國。

㉜ 始：開始時。遠略：長遠的謀略。

㉝ 義：堅持正義。

㉞ 丹：燕國的太子丹。荊卿：荊軻。計：指太子丹派荊軻刺秦王政。

㉟ 始：才。速：招致。

㊱ 嘗：曾經。戰於秦：與秦國開戰。

㊲ 再：兩次。

㊳ 李牧：趙國名將。連：連番。卻之：打退了秦兵。

㊴ 洎（粵 gei³〔記〕普 jì）：直到。牧以讒誅：公元前二二九年，秦國大將王翦攻打趙國，李牧率兵抵抗，秦用反間計，趙幽繆王聽信讒言，派人撤銷李牧的軍權，李牧不服從，於是被趙王誅殺。

㊵ 邯鄲（粵 hon⁴ daan¹〔寒丹〕普 hán dān）為郡：邯鄲本為趙國都城，公元前二二八年，秦攻破趙國，邯鄲於是成為秦國的一個郡。

㊶ 革滅：消滅。殆：幾乎。這句指燕、趙正處於六國接近滅亡之際。

㊷ 智力：智謀和力量。孤危：孤立危險。

㊸ 向使：假如當初。三國：韓、魏、楚，它們都曾向秦國割地。愛：珍惜。

㊹ 刺客不行：刺客指荊軻。意指不派荊軻去刺殺秦王政，就不會激怒秦王報復。

㊺ 良將：即李牧。

㊻ 數（普 shù）：定數，命運。

㊼ 理：命運、命數。此句與上一句是互文。

㊽ 當（粵 $tong^2$〔躺〕普 tǎng）：通「倘」，倘若，假如。較：較量。

㊾ 或未易量：或許沒有那麼容易判斷。量（粵 $loeng^6$〔亮〕普 liàng）：判斷，斷定。

㊿ 封：君主用爵位、名號、土地等賜給個人，即封賞。

(51) 事秦：侍奉秦國。禮：禮遇。

(52) 並力西嚮：合力向西（抵抗秦國）。因秦國在六國西面，所以稱秦為「西」。嚮：通「向」，朝往。

(53) 積威：長久積累的威勢。劫：懾服，脅迫，要脅。

(54) 為國者：治國者。無使：不要使（自己）。為：被。

(55) 勢：國勢，國力。

(56) 苟：如果。以：憑藉。天下之大：指北宋所轄的廣大疆域。

(57) 從：遵從、蹈襲。故事：舊事，前事。此句是説，重蹈六國割地賂秦而滅亡的覆轍。

(58) 是：這。本句意為，這連六國也不如呢！

【解讀】

戰國後期，六國逐一為強秦所滅，這一歷史事件一直是歷朝歷代的政治家們非常熱衷於討論的話題。當時六國兵多地廣，疆域比秦國更加遼闊，卻最終一一走向滅亡。蘇洵在這篇文章中，酣暢淋漓地分析「六國破滅」的原因：錯在各國討好與賄賂秦國，以換取一時的苟且偷安，最終走向滅亡。

全文採取「總分總」的結構模式，開篇就鮮明地提出自己的觀點：「六國破滅，非兵不利，戰不善，弊在賂秦。」接下來，作者言簡意賅地解釋這理由：「賂秦而力虧，破滅之道也。」下面的兩段文字，作者採用設問的形式，提出問題，並予以解答，詳細解釋這

觀點的依據：難道六國全都因為賄賂秦國而導致破滅嗎？是的，當部分國家賄賂秦國的時候，剩下的國家也失去援助，無法獨自對抗秦國。

第二段，作者解釋了為甚麼「賂秦」會導致滅亡：六國的諸侯不珍惜祖先的基業，用割地賂秦的方式換來一時的苟安。秦國賄賂得來的土地，遠遠多於征戰所得。國土是有限的，而秦國的貪欲永無止境，最終使國土淪喪，身死國滅。

第三段解釋了為甚麼沒有向秦國割地求和的國家依然走上滅亡的道路：齊國和秦國交好，不幫助五國，五國滅亡之後，齊國自然無力對抗秦國。燕國派荊軻刺殺秦王，激怒嬴政，招致禍患。趙國雖以強大兵力對抗秦國，但大將李牧因讒言被殺，趙國的抵抗最後沒能堅持到底。而且在其他諸侯國都已相繼滅亡的形勢下，燕、趙勢孤力弱，亡國是無可避免的。這樣一來，文章顯得邏輯嚴密，論述完整。

第四段作者感慨六國的滅亡，認為如果六國將賄賂秦國的土地賞賜給天下的謀臣的話，秦國就不會這麼容易滅掉六國。最後一段借古諷今，勸誡後人切勿重蹈六國滅亡之覆轍。

全篇文章語言多使用較短的句式，顯得剛勁有力。在氣勢浩蕩的議論中，蘊含對六國的深厚同情，例如：「思厥先祖父，暴霜露，斬荊棘，以有尺寸之地。子孫視之不甚惜，舉以予人，如棄草芥。今日割五城，明日割十城，然後得一夕安寢。起視四境，而秦兵又至矣。」句子中充滿了惋惜之情，更能增強議論的感染力。

這篇文章論述了六國故事，但是難道真的是在探討歷史事件嗎？中國的士人最善於以古諷今，蘇洵提出這樣的歷史觀點，矛頭其實直指當時北宋政府的苟安政策。北宋從建國初期就採取「重文輕武」的政策，竭力削弱武將的兵權。為了防止邊關將士作亂，北宋的精兵駐守京城，而邊關卻十分空虛。北方的遼國先後幾次入侵中原，宋真宗景德元年（公元一零零四年），遼國大兵壓境，直逼澶（粵 sin⁴〔成言切〕普 chán；在今河北省）州，威脅首都汴京。於是，

兩國簽訂「澶淵之盟」，宋朝每年向遼國進貢歲幣白銀十萬兩，絹二十萬匹。後來西夏也用武力威脅北宋，北宋於是又送給西夏歲幣白銀十萬兩，絹十萬匹，茶三萬斤。大量的民脂民膏就這樣被無情揮霍，這一直以來都是宋朝士人的恥辱。

正是在這樣的社會背景下，蘇洵借古諷今，於是在文章中說：「弊在賂秦。」然而，真正的意思卻是指責政府採用這種苟安求和的方式，最終必然走向滅亡。其實，六國被秦國所滅，原因只是因為「賂秦」嗎？恐怕不見得。畢竟，戰國後期，秦國經過變法改革，實力強大，六國力量分散，才是戰敗的主因。但是，作者正是要抓住這一點，洋洋灑灑，痛陳批判，奔騰上下，縱橫浩蕩，雖然句句都在針對六國，其實卻句句都是在批評當時的苟安政策。

在文章的末尾，蘇洵隱晦地感歎道：「如果以我大宋天下之大，疆域之闊，兵將之足，實力之強，卻要效法六國那種割地賠款的做法，那真是連六國也不如啊！」對於國家的一腔熱情，滿懷激憤，都體現在這一聲感歎之中。言有盡而意無窮，發人深省，蘇洵的確深得戰國縱橫家辯論的精髓。

【文化知識】

三蘇與《六國論》

除了蘇洵，他的兩位兒子 —— 蘇軾和蘇轍，同樣寫了《六國論》，可是觀點就大有不同。

蘇軾的《六國論》，針對六國久存而嬴秦速亡的對比分析，強調了「士」的功用。蘇軾指出，六國諸侯卿相皆爭養士，就是久存的原因。只要把那些「士」養起來，老百姓想造反也找不到帶頭人了，國家就可以安定了。相反，嬴秦輕視儒生，反對養士，結果天下一亂，就無人請纓保衞國家。

至於蘇轍的《六國論》，則認為韓、魏地處戰略要衝，是秦國

「心腹之疾」，因此經常受到秦國攻擊。可惜齊、楚、燕、趙卻不明白這天下之「勢」，未能當上韓、魏的大後方，給予支援。假如他們能夠「厚韓」、「親魏」，則可共同對付秦國，這暗喻了當時大宋前方受敵、後方安於逸樂的腐敗現象。

唐宋八大家中，蘇洵、蘇軾、蘇轍佔了三個席位，而且能夠就着「六國」這一個主題，從不同角度分析六國破滅的原因，並以此暗喻當時國家的膽小怕事、安於逸樂……真可謂「一門三傑」！

【練習】

(參考答案見第 174 頁)

❶ 本文的佈局是怎樣的？試加以分析。

❷ 作者如何突出「賂秦」之國只會走向破滅？

❸ 「不賂秦」之國又犯下了甚麼錯誤？

❹ 作者以「苟以天下之大，而從六國破亡之故事，是又在六國下矣」作結，帶出了甚麼訊息？

秦始皇像

遊褒禪山記

〔北宋〕王安石

【引言】

　　單看篇目《遊褒禪山記》，也許大家會想起柳宗元的《始得西山宴遊記》，預期王安石會帶讀者尋訪名山大川，抒發遊後所感。豈料，本文的重點卻不在描寫自然景色，而是借作者的一次遊山經歷，抒發其處事及探尋學問的一點體會，因此本文以敍事和説理為主。

　　本篇所記的，是作者與同伴深入褒禪山「後洞」的經過——他們提着火把入洞，內裏一片幽暗而深邃，愈是深入，愈是難走，但所見之景卻又愈奇。這時有人不想再走下去，以「不出，火且盡」為由着大家出洞。出來以後，作者認為自己當時體力尚足，火把亦夠照明之用，後悔為何當時只懂從眾，而沒有繼續深入洞穴，令此遊不能盡興而歸，同行者中亦有人埋怨建議出洞者……上述種種心理描寫，具體而生動，可以想像當時各人的情態。

　　王安石基於以上一段短短的遊山經歷，引申至處事及為學的心得，認為「世之奇偉、瑰怪、非常之觀，常在於險遠，而人之所罕至焉」，點出世間奇景通常處於危險而偏遠的地方。因此，作者認為人必須有志、有力、有輔助之物，這樣才可達到目標……讀王安石這篇文章的時候，不禁令人想到他在推行「熙寧變法」時，即使面

對一眾朝中要臣的反對，仍嘗試排除萬難，貫徹新法。不少人說王安石性格執拗，可是讀過這篇遊記後，我們是否可以正面一點地分析王安石的性格？

遊褒禪山記①

〔北宋〕王安石

　　褒禪山，亦謂之華山。唐浮圖慧褒始舍於其址②，而卒葬之③；以故④，其後名之曰「褒禪」⑤。今所謂慧空禪院者，褒之廬冢也⑥。距其院東五里，所謂華陽洞者，以其在華山之陽名之也⑦。距洞百餘步，有碑仆道⑧，其文漫滅⑨，獨其為文猶可識曰「花山」⑩。今言「華」如「華實」之「華」者，蓋音謬也⑪。

　　其下平曠⑫，有泉側出⑬，而記遊者甚眾⑭，所謂「前洞」也。由山以上五六里，有穴窈然⑮，入之甚寒。問其深，則其好遊者不能窮也⑯，謂之「後洞」。余

與四人擁火以入⑰，入之愈深，其進愈難，而其見愈奇。有怠而欲出者⑱，曰：「不出，火且盡⑲。」遂與之俱出。蓋予所至，比好遊者尚不能什一⑳，然視其左右，來而記之者已少。蓋其又深，則其至又加少矣㉑。方是時㉒，予之力尚足以入，火尚足以明也。既其出㉓，則或咎其欲出者㉔，而予亦悔其隨之，而不得極乎遊之樂也㉕。

於是予有歎焉㉖。古人之觀於天地、山川、草木、蟲魚、鳥獸，往往有得㉗，以其求思之深而無不在也㉘。夫夷以近㉙，則遊者眾，險以遠，則至者少。而世之奇偉、瑰怪、非常之觀㉚，常在於險遠，而人之所罕至焉㉛，故非有志者不能至也。有志矣，不隨以止也㉜；然力不足者，亦不能至也。有志與力，而又不隨以怠，至於幽暗昏惑而無物以相之㉝，亦不能至也。然力足以至焉㉞，於人為可

譏{35}，而在己為有悔{36}；盡吾志也，而不能至者，可以無悔矣，其孰能譏之乎{37}？此予之所得也。

余於仆碑，又以悲夫古書之不存{38}，後世之謬其傳而莫能名者{39}，何可勝道也哉{40}！此所以學者不可以不深思而慎取之也{41}。

四人者：廬陵蕭君圭君玉{42}，長樂王回深父{43}，余弟安國平父、安上純父{44}。至和元年七月某日，臨川王某記{45}。

【作者簡介】

詳見上冊《桂枝香·金陵懷古》。

【注釋】

① 《遊褒禪山記》：宋仁宗至和元年（公元一零五四年）四月，時任舒州（今安徽省安慶市）通判的王安石，辭官回家，路上與友人和兩個弟弟遊覽褒禪山（今安徽省含山縣北）。七月的時候，王安石根據那次遊覽經歷和感受寫下了這篇遊記。

② 浮圖：梵語（古印度語）的音譯，也譯為「佛陀」、「浮屠」，意為

「佛」、「佛教徒」或「佛塔」，此處指和尚。慧褒：唐朝貞觀年間的和尚。舍：動詞，建築房舍。

③ 卒：最終。葬之：埋葬在這裏。

④ 以故：因為這個緣故。

⑤ 其後名之曰「褒禪」：指這座山因「慧褒禪師」而得名。

⑥ 廬塚（粵cung²〔寵〕普zhǒng）：古人為了表示對父母或者師長的尊敬，在他們死後需要在墳墓旁邊修建草廬守孝，該草廬稱為「廬塚」，也稱「廬墓」。

⑦ 陽：古人將山的南面、水的北岸稱為「陽」。

⑧ 仆（粵fu⁶〔付〕普pū）道：倒在路上。仆：向前傾倒，跌下。

⑨ 文：指石碑上的文字。漫滅：因為風化剝落而模糊不清。

⑩ 獨其為文：只有個別文字。獨，唯獨，只有。其：指石碑。文：這裏指碑上僅存的文字。猶：仍然。

⑪ 華：本來就是指花朵，後來有了「花」字，「華」與「花」才分開表達不同的意思。作者認為，若把「華」讀成「華實」的「華」（粵waa⁴〔和牙切〕普huá），是讀錯了音，應讀為「花」（粵faa¹〔風沙切〕普huā）才對。謬：錯誤。可以推論，前文所提及的「華山」之「華」應讀若「花」。蓋：大概，表示原因。

⑫ 平曠：平坦空闊。

⑬ 側出：從側面流出。

⑭ 記遊者：遊覽並在石壁上題字留念的人。古人外出遊玩，喜歡在石壁上題詩留念。

⑮ 窈（粵jiu²〔擾〕普yǎo）然：幽暗深遠的樣子。

⑯ 問：探究，探求。好（粵hou³〔耗〕普hào）：愛好。窮：盡，即走到盡頭。

⑰ 擁火：拿着火把。

⑱ 怠：怠惰，指不想再往裏走。

⑲ 且：將近，將要。

⑳ 尚：尚且。不能什一：不到十分之一。指王安石所走入洞穴的深

度，還不及那些喜歡探險的人的十分之一。

㉑ 加少：更少。

㉒ 方是時：正當這個時候。方，正當。

㉓ 既其出：我們已經出來。其：代詞，代指作者及其朋友。

㉔ 或：有人。咎：責備，埋怨。其：那。

㉕ 悔其隨之：後悔自己跟着他出來。不得極乎遊之樂：不能極盡遊覽的樂趣，即玩得不盡興。

㉖ 歎：感歎。

㉗ 有得：有得着，有收穫。

㉘ 以其：因為他們。求思：探索，思考。無不在：無所不至，指十分全面。「求思之深」是説思考深刻，「無不在」是説其思考全面、廣泛。

㉙ 夷：平坦。以：而且。

㉚ 瑰怪：壯麗奇異。非常之觀：不平凡的景象。

㉛ 罕至：很少到達。

㉜ 不隨以止：不盲目跟隨別人中途放棄。

㉝ 幽暗昏惑：幽深昏暗，使人迷惑（的地方）。相（粵soeng³〔説唱切〕普 xiàng）：輔助，輔佐。

㉞ 然力足以至焉：然而如果是力量能夠到達（而沒到達）。這裏應該省略了「而不至」三字。

㉟ 於人為可譏：在別人看來是可以嘲笑的。

㊱ 在己為有悔：在自己則感到後悔。

㊲ 其：難道，加強反問語氣。孰：誰。

㊳ 於：對於。以：因而，由此。悲：感歎。夫：語氣詞。

㊴ 謬其傳：以訛傳訛。莫能名：不能正確地説明。這句指那些後世以訛傳訛但無人弄清其真相的事。

㊵ 何可勝道：哪能説完？

㊶ 「此所以學者」句：這就是做學問的人，不可不深入思考，並謹慎地選擇的緣故。慎取：謹慎地選擇。

㊷ 廬陵：今江西省吉安市。蕭君圭君玉：蕭君圭（粵 gwai¹〔歸〕普
guī），字君玉。

㊸ 長樂：今福建省長樂市。王回深父：王回，字深父，宋代理學家。

㊹ 安國平父：王安國，字平父。安上純父：王安上，字純父。他們都
是王安石的弟弟。

㊺ 臨川：今江西省撫州市臨川區。王某：即王安石。古人作文起稿，
寫到自己的名字，只會寫作「某」，或在姓氏後加上「某」，到謄寫
時才全名寫出。

【解讀】

宋代的散文崇尚平淡和理趣，喜好議論，往往能夠在平凡的生
活中發現人生道理。王安石的這篇遊記，非常典型地表現出宋代散
文的特點。

文章的第一段，解釋了褒禪山名字的來歷，以及遊覽的地方：
褒禪山的華陽洞。在距離洞口百餘步的地方，有一塊石碑，文字都
已經看不清了，只能看到「花山」的字樣，作者立刻意識到「華山」
的讀音其實是「花山」才正確。這種對於生活中的每一個細節都願
意探求一番的意識，可以說是王安石作為大學者的一種修養。

第二段敘述了遊覽華陽洞的經過。華陽洞有前、後洞之分。前
洞開闊平坦，遊玩的人很多；後洞則因為地勢偏僻，深不可測，遊
覽的人很少。作者和朋友們興致勃勃地點起了火把，入洞越深，景
色就越加奇偉瑰麗。這時候，有人心生怠惰，不願意探險，於是眾
人就一起走出洞來。說到這裏，遊覽就已經結束了。然而等到大家
走出山洞，又有人開始埋怨，覺得應該繼續深入探險。作者回想起
剛才的情景，自己還有體力探險，火把也足夠用來照明，最終卻因
為從眾心理而沒能盡興地遊覽，心裏不由得暗暗後悔起來。

　　然而從這件小事當中，王安石卻悟出一個道理：如果把山洞比作人生，那麼平坦的前洞象徵平庸的人生境界，因為很容易就能完成，所以到達的人很多。然而人世間許多壯美奇麗的景色，往往是不容易看到的，需要有志向、有體力，同時還要有足夠的物質條件，才能看見。這三者缺一不可，而主觀的志向則是最關鍵的因素。如果是體力和物質條件都能滿足，卻因為主觀因素而沒有完成目標，那麼人生就不免後悔。如果盡了自己最大的努力，卻因為外界條件不完備而被迫放棄，那麼起碼可以做到問心無愧。

　　作為一篇遊記，本應該描寫山川美景，抒發一番心中的懷抱。但是王安石這篇遊記卻與眾不同，把敘事、抒情融合，從遊覽的失意引申出人生的失意，從中表現出不同尋常的人生懷抱，體現出對於人生的深刻思考和執着追求的精神，這正是本篇文章最吸引人的地方。

　　這篇文章向我們展示出的，不是一個高高在上的聖人王安石；相反，他跟我們一樣，都是普通人，會有從眾心理，也會在作出決定之後心生後悔，他還喜歡尋根究柢，去考證一座山本來的名字。不過，他並不滿足於這些細節，而是善於在生活中總結出經驗教訓，提煉出處世之道。這種善於發掘和思考的人生態度，才是最值得我們學習的。

【文化知識】

王安石變法

　　宋神宗年間，各地出現農民起義。龐大的政治和軍事官僚系統，為宋朝造成了巨大的財政壓力。與遼國、西夏國的戰鬥中，北宋又連年戰敗。在此情況下，出現了由王安石主導、以富國強兵為目的的改革運動——王安石變法。由於在神宗熙寧年間推行，因此

又稱為「熙寧變法」。

　　王安石變法頒佈了「均輸法」、「青苗法」、「免役法」等措施，涉及政治、經濟、軍事、社會等諸多領域，促進了社會生產的發展，緩解了北宋政府的財政壓力。但是新法中有些不合理的措施，損害了保守派的利益，加上王安石用人不當，許多奸臣如蔡京等都躋身變法行列，因此受到朝中大臣強烈反對。在宋神宗去世之後，王安石變法宣告失敗。

　　王安石變法不僅在政治上影響巨大，對當時眾多知名文人的命運也有很大的影響。如王安石本人由一介書生成為權傾朝野的宰相，寫了許多言簡意深、筆力雄健的說理文章，使他成為「唐宋八大家」之一；至蘇軾則因反對變法，而屢被貶官，卻在人生低谷處創作了無數流傳千古的詩文。

【練習】

（參考答案見第 175 頁）

❶ 作者以「華山」之「華」被誤讀的例子，說明了甚麼道理？

❷ 為何作者在出洞以後會「悔其隨之」？

❸ 作者認為要怎樣做事才能達到目標？

❹ 你也有遇過王安石在遊記中所提及的經歷嗎？最後有甚麼收穫？試簡單說明之。

前赤壁賦

〔北宋〕蘇軾

【引言】

　　「清風徐來，水波不興」，在一個清風如水的良夜，明月相照，蘇軾與客遊於黃州赤壁，留下這篇優美動人的文字，寬慰了古來多少人對人生變幻無常的嗟歎，滋養後人的心靈。

　　蘇軾在本賦開首刻劃了一個如夢似幻的秋夜。他與客人在小舟上飲酒頌詩。正當他們「頌明月之詩，歌窈窕之章」，明月徐徐從東山而出，江面泛起粼粼波光，水天相接。在寬闊的江面上，蘇子與客任由一葉扁舟隨意漂蕩，順應自然……這是一個和諧而寧靜的晚上，小舟彷若在太虛中乘風而行，不覺飄飄然脫離塵世，羽化登仙。

　　在這美好的晚上，同行的客人卻由赤壁之地想到三國時代的曹操，認為這樣的一代英雄畢竟也要面對死亡，從而慨歎人生苦短。客人又認為他們同行的一眾人等只是「侶魚蝦而友麋鹿」的平凡之輩，卑微渺小得像滄海一粟，人生在世彷如蜉蝣的一生，朝生而暮死，因而對生命的短暫而多變感到憂心忡忡，不禁藉洞簫聲表露愁懷，奏出如怨如慕、如泣如訴之音。

　　蘇軾的回應是灑脫的，他藉水與月的形態帶出變與不變的道理，以被貶之身豁達地安慰客人。在那個如詩的晚上，他通過「惟

江上之清風，與山間之明月……吾與子之所共適」，指出生活中種種的美好就在眼前，態度樂觀而曠達，令客人聽罷不禁滿心愉悅。面對短暫而多變的人生，這是否一帖紓憂解困的良藥呢？

前赤壁賦①

〔北宋〕蘇軾

　　壬戌之秋②，七月既望③，蘇子與客泛舟遊於赤壁之下④。清風徐來，水波不興。舉酒屬客⑤，誦明月之詩⑥，歌窈窕之章⑦。少焉⑧，月出於東山之上，徘徊於斗牛之間⑨。白露橫江⑩，水光接天。縱一葦之所如⑪，凌萬頃之茫然⑫。浩浩乎如馮虛御風⑬，而不知其所止；飄飄乎如遺世獨立⑭，羽化而登仙⑮。

　　於是飲酒樂甚，扣舷而歌之⑯。歌曰：「桂棹兮蘭槳⑰，擊空明兮溯流光⑱。渺渺兮予懷⑲，望美人兮天一方⑳。」客有吹洞簫者㉑，倚歌而和之㉒。其聲嗚嗚

然，如怨，如慕，如泣，如訴，餘音嫋嫋㉓，不絕如縷㉔，舞幽壑之潛蛟㉕，泣孤舟之嫠婦㉖。

蘇子愀然㉗，正襟危坐，而問客曰：「何為其然也㉘？」

客曰：「『月明星稀，烏鵲南飛㉙』，此非曹孟德之詩乎？西望夏口㉚，東望武昌㉛，山川相繆㉜，鬱乎蒼蒼㉝，此非孟德之困於周郎者乎㉞？方其破荊州㉟，下江陵㊱，順流而東也㊲，舳艫千里㊳，旌旗蔽空，釃酒臨江㊴，橫槊賦詩㊵，固一世之雄也㊶，而今安在哉㊷？況吾與子漁樵於江渚之上㊸，侶魚蝦而友麋鹿㊹，駕一葉之扁舟㊺，舉匏樽以相屬㊻。寄蜉蝣於天地㊼，渺滄海之一粟㊽。哀吾生之須臾㊾，羨長江之無窮。挾飛仙以遨遊㊿，抱明月而長終[51]。知不可乎驟得[52]，託遺響於悲風[53]。」

蘇子曰：「客亦知夫水與月乎？逝

者如斯，而未嘗往也⁵⁴；盈虛者如彼，而卒莫消長也⁵⁵。蓋將自其變者而觀之⁵⁶，則天地曾不能以一瞬⁵⁷；自其不變者而觀之，則物與我皆無盡也⁵⁸，而又何羨乎⁵⁹？且夫天地之間，物各有主，苟非吾之所有⁶⁰，雖一毫而莫取。惟江上之清風，與山間之明月，耳得之而為聲，目遇之而成色，取之無禁，用之不竭，是造物者之無盡藏也⁶¹，而吾與子之所共適⁶²。」

客喜而笑，洗盞更酌⁶³。肴核既盡⁶⁴，杯盤狼藉⁶⁵。相與枕藉乎舟中⁶⁶，不知東方之既白⁶⁷。

【作者簡介】

詳見上冊《念奴嬌‧赤壁懷古》。

【注釋】

① 《前赤壁賦》：作於宋神宗元豐五年（公元一零八二年），當時蘇軾因「烏台詩案」被貶黃州當團練副使，心情十分鬱悶。於是他和朋友遊覽黃州城外長江邊的赤壁（即赤鼻磯），抒發政治失意的苦悶和曠達自適的樂觀情懷。文章篇名本來沒有「前」字，只是因為同年十月他重遊赤壁，寫了一篇《後赤壁賦》。後人為了將兩篇文章分開，於是稱本篇為《前赤壁賦》。

② 壬戌：干支紀年，即元豐五年。

③ 既望：望日後第一天，即農曆每月十六日。望，農曆每月十五日。

④ 蘇子：蘇軾自稱。泛舟：乘小船。赤壁：蘇軾遊覽的是黃州城外的赤鼻磯，並非「赤壁之戰」的古戰場。蘇軾是否知道，已經不可考。作者只是借歷史典故來抒發自己的人生感慨，至於地方是否正確，已經不重要了。

⑤ 舉酒屬（粵 zuk¹〔祝〕普 zhǔ）客：舉起酒杯，勸客人飲酒。屬：勸勉。

⑥ 明月之詩：曹操的《短歌行》有「明明如月，何時可掇」、「月明星稀，烏鵲南飛」的句子，所以稱之為「明月之詩」。也有人認為他們背誦的是《詩經・陳風・月出》第一章：「月出皎兮，佼（粵 gaau²〔餃〕普 jiǎo）人僚兮。舒窈糾（粵 yiu² gau²〔妖狗〕普 yǎo jiǎo）兮，勞心悄兮。」

⑦ 窈窕（粵 tiu⁵〔肚了切〕普 tiǎo）之章：《詩經・周南・關雎》第一章：「關關雎鳩，在河之洲，窈窕淑女，君子好逑。」也有人說他們唱的應該還是《詩經・陳風・月出》，因為「窈糾」同「窈窕」讀音相近。

⑧ 少焉：一會兒。

⑨ 斗牛：星宿（粵 sau³〔秀〕普 xiù）名，即二十八星宿中的斗宿（南斗星）和牛宿。

⑩ 白露：白茫茫的水汽。

⑪ 縱：任憑。一葦：小船細長，如同蘆葦葉子一樣。這裏暗用一個典故，相傳達摩祖師不願意接受梁武帝的供養，於是用一片蘆葦葉子渡過長江，令人無法追趕。此處用這個典故，帶有曠達超然的意蘊。

如：往、去。

⑫ 凌：越過。萬頃：形容江面寬闊。茫然：浩蕩迷茫的樣子。這句指任由小船在迷茫寬闊的江面上漂流。

⑬ 馮（粵 pang⁴〔朋〕普 píng）虛御風：在空中駕風遨遊。馮：通「憑」，依靠。虛：天空。御：駕駛。

⑭ 遺世：超脫人世。遺，離開、超脫。

⑮ 羽化：道教把凡人修煉成仙稱為「羽化」。

⑯ 扣舷（粵 jin⁴〔言〕普 xián）：敲打船舷。舷：船身兩側的邊沿。

⑰ 桂棹（粵 zaau⁶〔驟〕普 zhào）：桂木做的棹。棹：船槳。蘭槳：蘭木做的槳。桂木和蘭木都是名貴的木材，且帶有香氣，比喻船槳和棹之美。

⑱ 空明：這裏指月光照射下的江水，空靈透澈。溯（粵 sou³〔素〕普 sù）：逆流而上。流光：在江面水波上閃動的月光。

⑲ 渺渺：邈遠悠長的樣子。予：我。懷：情懷。

⑳ 美人：作者仰慕、思念的人。天一方：天邊，指遙遠的地方。

㉑ 客：蘇軾的好友，即道士楊世昌。他是四川人，與蘇軾是同鄉，善於吹簫。洞簫：單管直吹的簫。

㉒ 倚歌：按着歌曲的音調。和（粵 wo⁶〔禍〕普 hè）：伴奏、拍和。

㉓ 嗚嗚：洞簫的聲音。嫋（粵 niu⁵〔鳥〕普 niǎo）嫋：迴環繚繞的樣子，形容洞簫的餘音婉轉悠長。

㉔ 縷：細絲。

㉕ 舞：使人起舞，使動用法。幽壑（粵 kok³〔確〕普 hè）：深淵。潛蛟（粵 gaau¹〔交〕普 jiāo）：潛藏在水底的蛟龍。

㉖ 泣：使人哭泣，使動用法。嫠（粵 lei⁴〔離〕普 lí）婦：寡婦。

㉗ 愀（粵 ciu²〔此妖切〕普 qiǎo）然：憂愁的樣子。

㉘ 正襟危坐：整理好衣襟，端正地坐好。何為其然也：為甚麼洞簫的聲音這麼悲涼呢？

㉙ 「月明」兩句：曹操《短歌行》中的詩句，詳見上冊《短歌行》。

㉚ 夏口：古城名，即漢口，建於三國時期，在今湖北武漢市。

㉛ 武昌：在今湖北省武漢市。

㉜ 繆（粵 liu⁴〔聊〕 普 liáo）：通「繚」，繚繞盤結。

㉝ 鬱乎蒼蒼：繁茂蒼翠的樣子。鬱：茂盛。

㉞ 周郎：東吳名將周瑜，他做中郎將時僅二十四歲，世稱「周郎」。

㉟ 方其破荊州：建安十三年（公元二零八年）曹操收服劉琮（粵 cung⁴〔從〕 普 cóng），佔領荊州。方，當。荊州，泛指湖北省襄陽市一帶。地理位置十分重要，是歷來兵家必爭之地。

㊱ 下江陵：攻下江陵（今湖北省荊州市江陵區）。

㊲ 順流而東：順着長江東下。

㊳ 舳艫（粵 zuk⁶ lou⁴〔族勞〕 普 zhú lú）：舳是船尾，艫是船頭，這裏泛指戰船。

㊴ 旌（粵 zing¹〔精〕 普 jīng）：一種在旗杆上裝飾着五彩羽毛的旗子。釃（粵 si¹〔詩〕 普 shī）酒：斟酒，這裏指喝酒。

㊵ 槊（粵 sok³〔朔〕 普 shuò）：長矛，古代兵器。

㊶ 固：固然。一世之雄：一代英雄。

㊷ 安在：在哪裏。

㊸ 子：你。漁樵：捕魚、砍柴，這裏用作動詞。江渚（粵 zyu²〔主〕 普 zhǔ）：江邊的沙洲。

㊹ 侶魚蝦：與魚蝦做伴侶。友麋鹿：與麋鹿做朋友。「侶」和「友」都用作動詞。麋（粵 mei⁴〔眉〕 普 mí）：與鹿同類但稍大。

㊺ 一葉之扁（粵 pin¹〔偏〕 普 piān）舟：像樹葉一樣的小船。扁：小。

㊻ 匏（粵 paau⁴〔刨〕 普 páo）樽：用匏做的酒器。匏：葫蘆。

㊼ 蜉蝣（粵 fau⁴ jau⁴〔浮由〕 普 fú yóu）：一種夏秋之交、生長在水邊的昆蟲，僅存活幾個小時。古人用來指代朝生暮死的短暫生命。

㊽ 渺：渺小。滄海：大海。粟：小米。這句意為，如同大海中的一粒小米那樣渺小。

㊾ 須臾（粵 jyu⁴〔余〕 普 yú）：片刻，這裏指短暫。

㊿ 挾：持，帶。這裏有偕同的意思。

○51 長終：直到永遠。

(52) 驟得：輕易得到。

(53) 託：寄託。遺響：洞簫的餘音。悲風：悲涼的秋風。此句是説，在悲涼的秋風中，吹奏洞簫以寄託自己的感情。

(54) 逝者如斯：語出《論語・子罕・第九》：「子在川上曰：『逝者如斯夫，不舍晝夜。』」意為時光流逝就如同滔滔江水，不能回頭，也沒有窮盡。未嘗往也：指流水並沒有真正逝去。

(55)「盈虛」兩句：月亮雖有圓有缺，但最終卻沒有增減。盈：指月圓。虛：指月缺。如彼：就像這月亮。卒：最終。消長：減少和增加。

(56) 蓋將自其變者而觀之：也就是説，從變化的角度來看。

(57) 則天地曾不能以一瞬：天地萬物時刻都在變動，一瞬間的工夫都沒有停止。

(58) 無盡：永恆，不會消亡。

(59) 而又何羨乎：又何必去羨慕（無窮的長江）呢？

(60) 苟：如果。

(61) 造物者：大自然。無盡藏（粵 zong6〔狀〕普 zàng）：佛家語，指無窮的寶藏。

(62) 共適：共同享受。

(63) 盞（粵 zaan2〔只揀切〕普 zhǎn）：小而淺的杯子。更酌：重新斟酒。

(64) 肴（粵 ngaau4〔淆〕普 yáo）核（粵 wat6〔和物切〕普 hé）：菜餚和果品。

(65) 狼藉：雜亂不堪的樣子。

(66) 相與枕藉（粵 zik6〔直〕普 jiè）：彼此互相靠着睡覺。

(67) 既白：已經天亮。既，已經。

【解讀】

時間是元豐五年七月十六。這一天，距離蘇軾因「烏台詩案」被貶謫到黃州，已經有兩年多的時間了。在這兩年多的時間裏，蘇軾經歷了苦悶與彷徨，孤獨與背叛，都是前所未有的打擊。幸好這

裏雖然偏僻，卻不乏美麗的景致和鮮嫩的美食，蘇軾寫詩道：「長江
繞郭知魚美，好竹連山覺筍香。」（《初到黃州》）有空的時候，還
可以跟好友泛舟江上，暢遊赤壁，據說那裏正是三國時期周郎大敗
曹操的戰場。這篇賦就是在七月十六日晚上，作者和朋友暢遊赤壁
之後，有感而發所寫的。

　　全文分為六段。開篇交代了時間、地點、遊覽的人物，十分簡
潔明瞭。農曆七月的長江已經進入夏秋之交，「清風徐來，水波不
興」兩句，描繪出長江的爽朗和澄淨，也正是蘇軾怡然自得的內心
的寫照。於是，主客兩人一起舉杯暢飲，引吭高歌，而吟唱的正是
古代歌詠明月的詩篇。果然，東方很快就升起來一輪明亮的月亮，
「徘徊於斗牛之間」，脈脈含情，不願離去。這個時候，只見茫茫的
霧氣、茫茫的江水、茫茫的夜空，都在皎潔的月光之下顯得浩瀚無
垠，水天相接，渾然一體。主客所乘坐的一葉小舟漂浮在水上，卻
又彷彿飛行在浩瀚的太空中，簡直就要離開塵世、羽化升仙了一樣。

　　正是在這樣的環境中，作者開始扣舷而歌。華美的桂棹、蘭
槳，迷人的流光，望而不可得的美人，這些都是來自屈原《楚辭》
中的意象。作者引用屈原的辭賦，固然是在抒發政治失意的苦悶和
哀怨，但更重要的是表達自己高潔的情懷和志向。吹簫的客人用簫
聲應和，然而卻十分低沉悲傷。本來大家飲酒賦詩，十分高興，作
者很不理解，於是鄭重其事地詢問原因。

　　第四段內容就是客人的答覆。原來，他們在赤壁大戰的古戰場
上遊覽，不由得想起了赤壁之戰。當時曹操率領八十萬大軍，一路
征服荊州、江陵，想要統一天下，志得意滿，是多麼豪情萬丈！然
而，時間流逝，再大的功業都已經成為歷史。作為普通人，在天地
之間就更是渺小。想要修仙得道，卻又不可能立刻成事。於是興盡
悲來，吹出了悲哀的音響。

　　客人的想法並不是沒有根據的。當人同宇宙對立起來的時候，
人的渺小就顯得那麼突出，人生的價值和意義瞬間就失去了，這也
許正是道家消極避世的思想的一個依據。與其說這是客人的想法，

或許正反映了蘇軾被貶謫之後思想的一個方面。《念奴嬌·赤壁懷古》中，不就有「人生如夢」的感慨嗎？這抽象的命題，在客人的敍述中娓娓展開。然而蘇軾之所以為蘇軾，千百年來一直為中國人所喜愛，正是因為他的思想並不只限於虛無。接下來的一段，則展示出蘇軾思想的積極面。

作者先從客人提到的水和月入手：「客亦知夫水月乎？」這一句彷彿是主旋律之前的一段副歌，即將引出精彩的唱腔。蘇軾認為，所謂長江水一直在流淌東去，卻一直長存於世上，不分晝夜，滔滔不絕。明月雖然有盈虧，但是周而復始，始終沒有增減。也就是說，對於自然和人生來講，變與不變都是相對的。如果從變化的角度來看，豈止是人生稍縱即逝，就是連宇宙萬物，也可能只不過是一瞬間的事情。但如果從不變角度去看，那麼不僅宇宙是永恆的，人生不也一樣，綿延不絕、永垂不朽嗎？如此看來，那些永恆的宇宙萬物，也就沒有那麼值得羨慕吧。

這一段話是本文思想的核心。在這段話中，蘇軾闡述了自己的宇宙觀和人生觀。這種觀念融合了道家的思想，卻又更加具體、變通，表現出蘇軾面對逆境時的樂觀、開朗、豁達、自信。隨遇而安的超然態度，固然蘊含着一定程度的自我安慰和解嘲，但人生本來就是充滿了不如意的過程。蘇軾的可貴之處正是他這種生活態度，不矯揉造作，坦然面對，在流連光景中尋求精神的解脫。所以他說：「惟江上之清風，與山間之明月……吾與子之所共適。」他一心希望朋友們可以從天地山川之美中尋找快樂。這時候，明月朗照，江山無盡，天地無私，風月常存，不但解答了客人的苦悶，也為作者自己的精神尋求到了一種解脫。

最後一段，客人終被蘇軾說服了，於是重新開始開懷暢飲，不覺之間，酩酊大醉。一覺醒來，長夜已盡，東方既白。這次遊覽就這麼完結了，這篇文章也這麼結束了，但我們卻經歷了這麼一段月夜泛舟、聽到了這麼一段人生哲學的探討之後，也彷彿進入了新的人生境界。

　　蘇軾在黃州的生活很苦悶，但是也迸發出巨大的創作活力。他的詩歌中常見的「東坡」、「雪堂」，他的《念奴嬌‧赤壁懷古》等一系列最輝煌的作品，都是在這個時候寫成的。清人趙翼說：「國家不幸詩家幸。」人生遭遇的不幸讓詩人奮力掙扎，最終產生出曠達與超脫，也許正是作為讀者的幸運，才能夠感受前人的思想。

【文化知識】

赤壁之戰

　　古戰場赤壁位於今湖北省赤壁市西北部，因赤壁之戰而聞名於世。赤壁之戰是指發生於建安十三年，孫權、劉備聯軍與曹操軍隊之間的一場戰爭。在這場戰爭中，曹操軍事力量強大，但其士兵多為北方人，不善水戰，因此曹操下令將戰船相連，減少顛簸。孫、劉聯軍雖力量較為薄弱，但有周瑜、黃蓋等足智多謀的人才，以及天時地利的優勢，以火攻曹軍，曹操損失嚴重，敗北而還。赤壁之戰是中國歷史上以少勝多的著名戰爭之一，粉碎了曹操統一全國的計劃，奠定了魏、蜀、吳三國鼎立的局面。

　　在這場戰爭中，兩方鬥智鬥勇，湧現了無數人才和傳奇故事，引起無數詩人寫下懷古的篇章。如唐朝杜牧的《赤壁》：「折戟沉沙鐵未銷，自將磨洗認前朝。東風不與周郎便，銅雀春深鎖二喬。」杜牧託物詠史，感慨如果沒有東風幫助周瑜火燒曹軍的話，恐怕吳、蜀都會為曹操所滅了。

【練習】

（參考答案見第 175 頁）

❶ 作者怎樣形容當晚泛舟的情況？

❷ 作者運用了甚麼手法，去描寫客人的洞簫聲？

❸ 蘇軾如何回應客人所憂之事？

❹ 本篇既為千古名篇，你認為文辭上有何值得欣賞之處？試舉出其中一項，並簡單説明之。

東坡博古圖

項脊軒志

〔明〕歸有光

【引言】

　　項脊軒可説是見證歸有光個人成長及家庭生活的地方。歸有光透過記載這個地方的日常瑣事，流露出他對此地及幾位相關人物的深情。本文無論在寫景、敍事、議論各方面均能緊扣項脊軒，令讀者能想像這所小屋子曾發生的事，具體而生動，印象深刻。作者在本文可説是純粹取材生活，把相關的可喜、可悲之事娓娓道來。

　　作者先描述項脊軒的環境：這所百年老屋，泥灰不時掉下，雨天滲水，地方甚為狹小。及至作者修整和改建過後，屋子才得以明亮起來。屋前又有小鳥前來啄食，無論讀書還是起居均怡然自得，欣喜之情不言而喻。作者先渲染了一片令人悦愉的氣氛，這跟下文的「可悲」之事形成對比：作者道出眾叔伯分家，各家將原是相連的院子隔開，裏裏外外築起不少門牆，隔閡亦由此而生。作者亦藉本文悼其先母，借「先大母婢」複述母親「兒寒乎？欲食乎？」等貼身的問候，通過尋常的日常生活片段流露出令人感到溫暖的親情。另外，作者還選取了一些與祖母、妻子的生活片段加以記述，這些選材亦看似平淡，涉及的事件亦不多，但卻能精煉而生動地突顯人物性格特徵。

很多人一生中未必經歷過甚麼轟轟烈烈的事，生活很多時候都是繁瑣而平淡的。作者卻善於將生活的點點滴滴記下，讓文字抒發出淡淡的情懷。

項脊軒志^①

〔明〕歸有光

項脊軒，舊南閣子也^②。室僅方丈^③，可容一人居^④。百年老屋，塵泥滲漉^⑤，雨澤下注^⑥，每移案^⑦，顧視無可置者^⑧。又北向，不能得日^⑨，日過午已昏^⑩。余稍為修葺^⑪，使不上漏。前闢四窗^⑫，垣牆周庭^⑬，以當南日^⑭，日影反照，室始洞然^⑮。又雜植蘭桂竹木於庭，舊時欄楯^⑯，亦遂增勝^⑰。借書滿架，偃仰嘯歌^⑱，冥然兀坐^⑲。萬籟有聲^⑳，而庭階寂寂，小鳥時來啄食，人至不去。三五之夜^㉑，明月半牆，桂影斑駁^㉒，風移影動，珊珊可愛^㉓。

　　然余居於此，多可喜，亦多可悲。先是，庭中通南北為一。迨諸父異爨[24]，內外多置小門牆，往往而是[25]。東犬西吠[26]，客逾庖而宴[27]，雞棲於廳。庭中始為籬，已為牆[28]，凡再變矣[29]。家有老嫗[30]，嘗居於此。嫗，先大母婢也[31]，乳二世[32]，先妣撫之甚厚[33]。室西連於中閨[34]，先妣嘗一至。嫗每謂余曰：「某所，而母立於茲[35]。」嫗又曰：「汝姊在吾懷，呱呱而泣[36]；娘以指叩門扉曰：『兒寒乎？欲食乎？』吾從板外相為應答。」語未畢，余泣，嫗亦泣。余自束髮[37]，讀書軒中，一日，大母過余曰：「吾兒，久不見若影，何竟日默默在此[38]，大類女郎也[39]？」比去[40]，以手闔門[41]，自語曰：「吾家讀書久不效[42]，兒之成，則可待乎！」頃之，持一象笏至[43]，曰：「此吾祖太常公宣德間執此以朝[44]，他日汝當用之！」瞻顧遺跡[45]，如在昨

日，令人長號不自禁[46]。

軒東，故嘗為廚[47]，人往，從軒前過。余扃牖而居[48]，久之，能以足音辨人。軒凡四遭火，得不焚，殆有神護者[49]。

項脊生曰[50]：蜀清守丹穴，利甲天下，其後秦皇帝築「女懷清台」[51]。劉玄德與曹操爭天下，諸葛孔明起隴中[52]，方二人之昧昧於一隅也，世何足以知之[53]？余區區處敗屋中[54]，方揚眉瞬目，謂有奇景[55]；人知之者，其謂與坎井之蛙何異[56]？

余既為此志[57]，後五年，吾妻來歸[58]，時至軒中，從余問古事，或憑几學書[59]。吾妻歸寧[60]，述諸小妹語曰[61]：「聞姊家有閣子，且何謂閣子也？」其後六年，吾妻死，室壞不修。其後二年，余久臥病無聊，乃使人復葺南閣子，其制稍異於前[62]。然自後余多在外，不常居。

庭有枇杷樹，吾妻死之年所手植也[63]，今已亭亭如蓋矣[64]。

【作者簡介】

　　歸有光（公元一五零七至一五七一年），字熙甫，別號震川，江蘇昆山人，明代散文家。歸有光出身寒門，雖名揚海內，但科舉屢試不第，六十歲時才考中進士。歷任長興（今浙江省湖州市長興縣）知縣、順德府（今河北省邢台市）通判、南京太僕寺丞，參與《世宗實錄》的修書工作。明初文壇盛行「台閣體」，文字華美，但內容空泛。而歸有光則一反潮流，繼承唐宋古文運動的傳統，擴展題材，書寫日常生活瑣事，使文章情真意切，如《項脊軒志》、《先妣事略》、《寒花葬志》等散文，以情動人，感人至深。歸有光與唐順之、王慎中並稱「嘉靖（明世宗年號）三大家」，他的散文被讚譽為「明文第一」，著有《震川先生集》、《三吳水利錄》等。

【注釋】

① 項脊軒：歸有光家的一間小屋。軒：小的房室。志：古代記敍事物、抒發感情的一種文體。

② 舊：舊日的，原來的。

③ 方丈：一丈見方。一丈約為三點三米，一方丈即約十平方米。

④ 容：容納。

⑤ 塵泥滲漉（粵 luk⁶〔六〕普 lù）：泥沙漏下來。滲：透過。漉：漏下。

⑥ 雨澤：雨水。下：往下。注：灌進去。

⑦ 案：几案，桌子。

⑧ 顧視：環看四周。無可置者：找不到地方重新安置桌子，反映出項脊軒面積真的很小。

⑨ 不能得日：陽光照不到。

⑩ 昏：光線不明。

⑪ 修葺（粵 cap¹〔輯〕普 qì）：修理。

⑫ 闢：開。

⑬ 垣牆周庭：在院子四周砌上圍牆。垣：用作動詞，指砌上圍牆。

⑭ 當：同「擋」，擋住。

⑮ 洞然：明亮的樣子。

⑯ 欄楯（粵 seon⁵〔社盾切〕普 shǔn）：欄杆。縱的叫「欄」，橫的叫「楯」。

⑰ 增勝：增添了光彩。勝：美景。

⑱ 偃（粵 jin²〔演〕普 yǎn）仰：俯仰，形容安居。偃：伏下。嘯歌：吟
詠，歌唱。嘯：口裏發出長而清越的聲音。

⑲ 冥（粵 ming⁴〔名〕普 míng）然兀（粵 ngat⁶〔訖〕普 wù）坐：靜靜地獨
自坐着。冥然：沉寂的樣子。兀坐：獨自端坐。

⑳ 萬籟有聲：能聽到自然界所有聲音。萬籟：指自然界的一切聲響。
籟：孔穴中發出的聲音，泛指自然界的聲響。

㉑ 三五之夜：農曆每月十五的夜晚。

㉒ 斑駁：影子雜亂錯落。

㉓ 珊珊：通「姍」，形容搖曳多姿的樣子。

㉔ 迨（粵 doi⁶〔待〕普 dài）：等到。諸父：伯父、叔父的統稱。異爨（粵
cyun³〔串〕普 cuàn）：分灶做飯，指分家。

㉕ 往往：到處，處處。

㉖ 東犬西吠：東家的狗聽到西家的動靜後，就對着西邊叫。這裏指分
家後，家犬把原住在一起的人當作陌生人了。

㉗ 逾（粵 yu⁴〔如〕普 yú）：穿過。庖（粵 paau⁴〔刨〕普 páo）：廚房。宴：
吃飯。

㉘ 已：已而，隨後不久。

㉙ 再變：變了兩次。

㉚ 老嫗（粵 jyu²〔瘀〕普 yù）：老婦人。

㉛ 先：對已逝之人的尊稱。大母婢：奶娘。

㉜ 乳二世：做過兩代人的奶娘。乳：餵養、餵奶。

㉝ 妣（粵 bei²〔比〕普 bǐ）：母親。撫：對待，照顧。

㉞ 闈：女子的臥室。

㉟ 某所：這裏，即項脊軒。而：你的。茲（粵 zi¹〔之〕普 zī）：此，這裏。

㊱ 呱呱（粵 gu¹〔姑〕普 gū）：小孩啼哭的聲音。

㊲ 束髮：古代男孩成年時束髮為髻。

㊳ 竟日：一天到晚，全日。竟：全部。

㊴ 類：像。

㊵ 比：等到。

㊶ 闔：通「合」，關上。

㊷ 效：成效。

㊸ 頃之：過了一會兒。象笏（粵 fat¹〔忽〕普 hù）：象牙做成的朝笏。笏：古代大臣上朝時手中所執的狹長板子，用以記事。

㊹ 太常公：指作者祖母的祖父夏昶（粵 cong²〔廠〕普 chǎng）。太常：官名。宣德：明宣宗年號（公元一四二六至一四三五年）。

㊺ 瞻顧遺跡：回憶舊日事物。瞻：向前看。顧：向後看。瞻顧：瞻仰、回憶。

㊻ 長（粵 hou⁴〔豪〕普 háo）號：大哭。

㊼ 嘗：曾經。

㊽ 扃（粵 gwing¹〔瓜星切〕普 jiōng）牖（粵 jau⁵〔友〕普 yǒu）：關着窗戶。扃：從內關閉。牖：窗戶。

㊾ 殆：也許，大概，表示揣測的語氣。

㊿ 項脊生：即歸有光的自稱，因住在項脊軒，故稱。

○51 「蜀清守丹穴」三句：蜀國的寡婦清，承繼了先夫的硃砂礦，獲利為天下第一，秦始皇因此為她修建了「女懷清台」，以彰其貞潔。據《史記‧貨殖列傳》記載：「巴寡婦清，其先得丹穴，而擅其利數世，家亦不訾。清，寡婦也，能守其業，用財自衛，不見侵犯。秦始皇以為貞婦而客之，為築『女懷清台』。」丹穴：硃砂礦。甲：位居第一，領先。

○52 劉玄德：即劉備。起隴中：指諸葛亮出身隴中，棄農從戎，建功立業。

○53 「方二人」兩句：正當他們兩人待在昏暗偏僻的角落時，世人又怎

能認識他們呢？方：正當。二人：指寡婦清和諸葛孔明。昧昧於一隅：昏暗的角落。

(54) 余區區處敗屋中：我只不過住在這破舊的小屋裏。區區：微小。

(55) 方揚眉瞬目，謂有奇景：才揚一下眉、眨一下眼，就以為有奇景異致。方：才。瞬目：眨眼。

(56) 人知之者，其謂與埳井之蛙何異：如果有人知道我這境遇，他們會説我與井底之蛙有甚麼分別？埳（粵 ham^2〔好感切〕普 kǎn）：同「坎」，地陷的地方。這裏是説：作者雖然只待在小屋裏，可是一事一物都值得懷念、驚喜，即使被別人取笑為井底之蛙，他也不在乎別人的目光。

(57) 余既為此志：我已經寫下了這篇《項脊軒志》。這句以上是最初寫的，以下是十多年後補寫的。

(58) 來歸：嫁到我家來。歸：古代女子出嫁。

(59) 憑几（粵 gei^1〔基〕普 jī）學書：伏在几案上學寫字。几：几案，小桌子。書：寫字。

(60) 歸寧：出嫁的女兒回娘家探親。

(61) 述諸小妹語：轉述妹妹們的話。

(62) 制：建築式樣，格局。

(63) 手植：親手種植。

(64) 亭亭：直立的樣子。蓋：傘子。

【解讀】

這是一篇帶記敍性的抒情散文。項脊軒本來是歸有光家中的一間小屋，面積又小，採光不好，又十分破舊，每到下雨就會漏水。但是作者卻對這間破舊的小屋不但情有獨鍾，且一往情深，要寫一篇文章去記錄它。這是因為這間小屋維繫着作者家族、親人之間的許許多多的往事。作者雖然是在寫項脊軒，其實寫的是家族的變

遷，以及親人之間那些濃濃而化不開的深情。

　　第一段介紹了項脊軒的來歷。項脊軒本身很狹小破舊，然而經過作者的一番改造，變得明亮、雅致。屋子雖小，卻給予作者一個讀書寫作的空間。這時候的項脊軒，其實已經與作者的內心境界合二為一。「三五之夜，明月半牆，桂影斑駁，風移影動，珊珊可愛。」短短幾句話，描繪出一幅幽靜、脫俗的環境，這也正是作者人格和思想的寫照。正是這種精神的契合，才讓作者對項脊軒產生了深厚的感情。

　　接下來作者筆鋒一轉，開始描寫與項脊軒有關的那些人和事。「多可喜」，承接上文，「亦多可悲」則引領起下文敘述的三件事情。第一，家族的分崩離析，叔伯們都分了家，傳統大家族最終走向衰敗；第二，通過一位年長的婢女，作者回憶起已經去世的母親對自己和姊妹的關懷愛護，不由得流下眼淚；第三，作者回憶起年幼讀書的時候，年長的祖母對自己的諄諄教誨和愛護，奈何兩人如今已經陰陽相隔。這三件事都引起作者悲涼的情緒，但在程度上也還有遞進的層次。對於「諸父異爨」，作者只是在客觀記敘中蘊含悲涼之情；懷念母親，則忍不住垂淚哭泣；而憶起祖母的慈祥和對自己的期望，那種思念如同江河湧動，「令人長號不自禁」，再也無法控制。感情層層堆疊，終於在最後噴薄而出，令人動容。

　　第三段則饒有情致地繼續了幾件小事，項脊軒的幽靜，讀書無聊而能以腳步聲辨別在外的人，以至於項脊軒幾次失火卻都沒有焚燬，加強了讀者的代入感，也讓讀者對項脊軒感到更加親切。

　　第四段則是文章的結尾。古人寫記敘文，喜歡在最後發表議論，以提升文章的精神境界，這篇文章亦然。作者列舉秦國寡婦清以及三國諸葛亮的故事，認為他們在揚名天下之前，也都是默默安居在不為人知的小地方，但並不妨礙他們以後名垂青史。雖然作者居住在這小小的項脊軒中，卻也能夠領略萬物的神奇，俯仰之間，心懷天下，而知情的人卻覺得他是井底之蛙，毫無見識。作者對這樣的評價並沒有反駁，固然是因為作者是謙謙君子，但文中語句卻

自然地流露出一股自傲之情。

最後兩段是十多年之後的補敍，主要是抒發對於亡妻的懷念之情。這篇文章作於作者十八歲的時候，而寫補敍的兩段時已經是三十多歲了。這十幾年間，時間一晃而過，而作者所關念的那些親人之間的親情、愛情，卻與前文中的情感脈絡一線貫穿，十分自然。作者想起妻子與項脊軒的種種故事，妻子活潑動人、溫柔好學的形象呼之欲出，而家常的對話之中，顯示出夫妻兩人深厚的愛情。以致於妻子死後，作者好幾年都不願意休憩於已經破落的項脊軒，以免觸景傷情。

時光總是過得那麼快。對親人的感情再深厚，人世間的生活也還是要繼續下去。然而對故人的思念和感情，卻沒有絲毫的衰減。作者寫到庭院中的枇杷樹，還是妻子去世的那一年親手栽種的，如今已經長得高大繁茂，亭亭玉立，如同車蓋。物是人非，一邊是蓬勃旺盛的生命，一邊是陰陽相隔的天涯，作者話語雖然平淡，內心的情感卻如同潮水一般翻騰起伏，讓人為之垂淚。

抒情性的散文如果只是空洞的抒情，很難打動讀者。但這篇文章卻從生活的點點滴滴入手。祖母說：「何竟日默默在此，大類女郎也？」母親在門外問：「兒寒乎？欲食乎？」妻子歸寧回來，轉述家中小妹略顯幼稚的疑問。在一幕幕看似平淡而真實的細節中，卻包含着濃濃的情感，引起讀者的深切共鳴，到今天依然那樣動人。

【文化知識】

嘉靖三大家

歸有光與唐順之、王慎中二人，均崇尚內容翔實、文字質樸的唐、宋古文，並稱為「嘉靖三大家」。明代中葉的文壇受到前、後七子的影響，陷入了盲目復古的潮流。其後王世貞繼和李攀龍主宰文壇，主張「文必西漢，詩必盛唐，（唐）大曆以後書勿讀」。經學深

湛、重視義理的歸有光，率先反對這種主張，自此文壇風氣為之一振。他認為「文章至於宋元諸名家，其力足以追數千載之上而與之頡頏（粵 kit³ hong⁴〔竭杭〕普 xié háng；指不相上下）」，不必模仿古人才能寫出好文章。他的文章繼承了司馬遷和唐宋八大家的傳統，並且影響了清代桐城派諸家。

【練習】

（參考答案見第 176 頁）

❶ 作者怎樣修葺項脊軒？

❷ 本文哪一句具有過渡作用？試加以說明之。

❸ 何以見得作者的祖母對作者愛護有加？

❹ 作者以植枇杷樹之事作結，這樣寫有何作用？

参 考 答 案

逍遙遊（節選）

❶ 作者先指出如水不夠深的話，就不能負大舟，就如向低窪之處倒下一杯水，芥草可以漂在水上成舟，但在水上放置杯子的話，杯子就會擱淺；

同樣，大鵬鳥若要飛行的話，也要有所憑藉，那就是六月的大風和羊角；

由此可見，萬事萬物皆有其「所待」的條件，並不是絕對的「逍遙」。

❷ 蜩與鸒鳩都認為自己逍遙自在，牠們認為自己可以自由地飛上枝頭，飛不到的話則返回地面。牠們對此已經感到很滿足，不明白大鵬鳥為何要飛到南冥。

斥鴳則認為自己「騰躍而上，不過數仞而下」，並在蓬蒿之間飛舞，這已經算是飛翔中最得意的境界，因而對於大鵬鳥要飛赴遠方的舉動很不屑。

❸ 《齊諧》是古代之書，而湯、棘則是商朝的古人，作者引述書中內容及人物的對話，是為了增強文章的真實性，讓讀者認為這些並不是莊子虛構的故事。

至於蜩與鸒鳩的對話、斥鴳的嘲笑，則屬寓言故事，旨在增添說理的趣味，讓所述之理更形象化，同時亦加強大鵬鳥與上述動物、昆蟲的對比。

勸學（節選）

❶ 作者以此說明，人經過學習以後，水平得以提升，超越自己之餘，更有可能超越自己的老師。

❷ 作者運用了排比句式和類比手法。他以登高而可知天之高，臨谿而可知地之厚作類比，引出不聞先王之遺言，則不知學問之大的

道理。讀者只要明白了前面登高、臨谿的意思，也就能明白閘先至之遺言的道理。而以天之高、地之厚，與學問之大並列，更予讀者感到先王之道的高深，強調應以此為學習對象。

排比句式的運用亦有助增強行文氣勢。

❸ 我認為能達鼓勵學習的效果，作者開篇即言「學不可以已」的主題思想，具開門見山之效。接着作者運用了青出於藍、水寒於冰的比喻，強調為學可以令人進步，甚至比自己的老師更優勝，點出「學不可以已」的好處。

另外，作者又以「木直中繩」、「輮以為輪」的比喻，說明後天培育對提升個人素質具有決定性的作用，甚至可以令人智慧通達、不犯過錯。

作者通過不同手法就為學的好處加以論證，點出為學百利而無一害，可說是達到了勸學的效果。(言之成理即可)

定法

❶ 君主不施權術，在上就會受到臣下的蒙蔽，臣下不執行法令，在下就會作亂。因此兩者均不可或缺，都是帝王治國的工具。

❷ 類比論證：以衣食作為維持生命的必備之物，類比法、術二者均為君主治國的必備條件；

舉例論證：韓非子運用史例，說明申不害雖主張「術」，但因國內沒有統一的新法，讓奸臣有機會從舊法與新法的矛盾中得利，故韓國的軍力雖強，但十七年來也不能成為霸王。

作者又舉出史例，說明商鞅用法而不用「術」之弊，指出秦國由於沒有用「術」來考察穰侯、應侯之類的奸臣，這些奸臣就借出兵戰勝別國的機會，擴大自己的封土，而不是為國家謀利。

❸ 韓非子批評商鞅定出以戰功換取官職的做法。他指出領戰功所憑的是勇武，但當官所需的是智慧，兩者不能相提共論。如以殺敵

之功換取官職，就如同讓這些勇武之人當醫者、工匠一樣，才能與職位不相稱，終必不能治理好國家。

五蠹（節選）

❶ 說：通「悅」，喜歡
美：稱許、讚美
虧：差
餉：給予食物
鄙：吝嗇、小器

❷ 他以此故事說明，若當世的君主，只會盲目跟從前人的經驗治國，而不懂因時制宜，就好像宋國守株待兔的人一樣，處於被動的狀態，那國家的問題不能好好處理，最終只會面對失敗。

❸ 作者運用了對比手法。
作者以古之天子和今之縣令的地位和待遇作對比，接着以「山居谷汲」、「澤居苦水」兩種不同的生活環境作對比，最後以「饑歲之春」、「穰歲之秋」糧食之多寡作對比，從而帶出事情總會隨時代、環境而變化，治國措施也應該切合當時的情況而推行。

❹ 依然適用。因為時代不斷變遷，環境也不同變化，政府面對種種社會問題時，既不能盲從昔日的政策，也不能附和外國的經驗，要因時制宜、因地制宜，才能制定出真正幫助市民解決困難的政策，讓大家安居樂業。（言之成理即可）

大同與小康

❶ 孔子為魯國的政治形勢而歎息；
他又為自己趕不上「大道之行」，以及夏、商、周三朝由賢者統治的時代而感到可惜；而他所處的時期「大道既隱」，因而即使有「志」卻不能實踐。

❷ 因為大同社會裏的人重視公義，他們行事不單考慮自己的利益，更會顧慮社會上的其他人，因此待人處事講求信任與和睦。在這樣的社會裏，大家不會認同陷害他人的計謀，而且，由於人人各得其所，偷竊和作亂的事情自然不會發生。

❸ 他認為小康社會是以「禮義」來維繫的，君臣、父子、兄弟、夫婦之間均以禮為綱紀。
小康社會又設立了不同的制度，因而人們有田可耕，賢能者亦被尊重，如果禮義綱紀被破壞了，即使是有權勢的人也會被罷免。

❹ 我會先接受「小康」社會，因為雖然還未達致最理想的「大同」境界，但「小康」的狀況已經很好，起碼還有禮義綱紀來維繫社會的安定，但我也會努力追求屬於所有人的「大同」世界，否則人們就會繼續耽於安逸，社會就不能進步。（言之成理即可）

屈原賈生列傳（節選）

❶ 楚王聽信讒言，因而遮蔽了賢明的人，而且小人當道，公正之道、正直之人並不為世所容。

❷ 感情基調是憂愁的，因篇首有謂「故憂愁幽思而作《離騷》」；而文中「離騷者，猶離憂也」是指《離騷》之名有遭逢憂患之意；至於「屈平之作《離騷》，蓋自怨生也」，則指屈原因怨恨而有此作，故《離騷》的感情基調是憂傷而怨恨的。

❸ 作者指《離騷》既有《國風》寫男女相悅之情，亦有《小雅》有抱怨批評之辭。內容提及上古的帝嚳、近世的齊桓、中古的湯武事跡，藉以諷刺時事，闡明治亂之道。

❹ 「屈平疾王聽之不聰也，讒諂之蔽明也，邪曲之害公也，方正之不容也」

「上稱帝嚳，下道齊桓，中述湯武」

「其文約，其辭微，其志絜，其行廉」

廉頗藺相如列傳（節選）

❶ 秦王在「章台」接見藺相如，但這並非接見外交使臣的正式場所，可見秦王早有輕視之意；

相如向秦王奉璧後，秦王立即將璧玉傳以美人及左右羣臣，以此稀世之珍當作眾人賞玩之物；且秦王接過璧玉後完全沒有提及償城之事，反而其左右隨即皆呼萬歲，無視趙國使臣，可見秦沒有償城的打算。

❷ 藺相如知秦王得璧後無意償城，於是趨前指「璧有瑕，請指示王」，繼而持璧倚柱，怒斥秦王，並作勢以璧玉擊柱，威脅秦王；另外，藺相如在九賓禮之後向秦王表示，若秦償城則趙國立即奉璧，並言「臣知欺大王之罪當誅，臣請就湯鑊」，面對強權而無所畏。由此二事，可見其勇。

藺相如忖度秦王齋戒五日後，亦未必有意償城，於是命人悄悄抄小路，把璧玉送回趙國，避免趙國受騙見欺，可見他甚具智謀。

❸ 藺相如請秦王擊瓿而遭拒，於是威脅以「頸血濺大王」，秦王的左右侍衛因此異常緊急，欲保護秦王而殺相如。

「相如張目叱之，左右皆靡」，生動地寫出藺相如對侍衛怒目而視及厲聲喝斥的舉動和神態，後句更寫出侍衛被相如嚇倒的情態，繪影繪聲。

「秦王不懌，為一擊缻」句中的「懌」字表現出秦王辱人不成反自辱、從狂妄到不悅的心理變化，立體的人物形象躍然紙上。

❹ 澠池之會後，藺相如右遷為上卿，官位在廉頗之上。廉頗認為自己有攻城野戰之功勞，官位卻比只以口舌為勞的藺相如低，心有不甘。他又小看藺相如的出身，認為他本是宦者令繆賢的舍人，地位卑微，不配與他相比，因而打算每次碰見相如之時「辱之」。及至藺相如的舍人表示再也不能忍受藺相如對廉頗處處迴避的舉措，相如才透露「先國家之急而後私讎」的想法。廉頗得悉後明白對方的胸襟氣度，因而主動負荊認錯。

陳情表

❶ 根據第二段內容，李密指自己受朝廷所重用，先後被舉為孝廉、秀才，被徵召為郎中、洗馬等官職，而且詔書嚴辭譴責，指他逃避任命、傲慢不恭，且地方官員更逼他起行；

但是，李密的祖母卻已年老多病，需人照顧，而且祖母已「日薄西山，氣息奄奄，人命危淺」，李密不忍捨祖母而去。

因此，他面對忠孝兩難全的困局。

❷ 作者先在第一段寫自己小時候因父親早逝、母親改嫁，自小由祖母養大的經歷。作者年少體弱多病，「零丁孤苦」，幸好有祖母照料成人。因此，祖母此時年事已高，大限之期將至，作者更感有責任照顧祖母。

在第三段，作者亦提到要是當天沒有祖母，就沒有今天的自己；而祖母今天沒有作者的陪伴，亦無法安享晚年，可見祖孫相依，感情深厚。

❸ 「猥以微賤」（第二段）

「今臣亡國賤俘」（第三段）

「臣不勝犬馬怖懼之情」（第五段）

❹ 他善用遊說技巧，以自己自小孤苦無依，幸得祖母照顧，而今應盡孝道，動之以情；他又以把握了當時朝廷「以孝治天下」的思想，表明孝道亦為朝廷的主張，令對方無從反對，說之以理。
他以「本圖宦達，不矜名節」表明對朝廷的拔擢感到榮幸，化解朝廷對自己忠誠與否的質疑，繼而在文中再三自稱為「臣」，並表明自己在盡孝後自當為朝廷盡忠，合情合理，終為武帝所接納。（言之成理即可）

蘭亭集序

❶ 本文句式多為四字、六字的駢句，如「仰觀宇宙之大，俯察品類之盛」、「取諸懷抱，悟言一室之內；因寄所託，放浪形骸之外」等，但當中亦夾有不少雜言的散句，如「是日也」、「悲夫」等，可見句式運用方面比較靈活。

❷ 蘭亭集會的環境優美，作者描述該地有崇山峻嶺、茂林修竹，四周更有清澈而湍急的河流，環繞他們的聚集之地，波光影照，令人流連忘返；
另外，蘭亭集會上的活動亦為作者所喜愛，與會者引來流水形成彎曲的小渠，讓酒杯順流而下，或賦詩，或飲酒，一片愉悅；
聚會之日「天朗氣清，惠風和暢」，作者眼見宇宙的浩瀚、各類物種的繁盛，耳目均得滿足，因而感到快樂。

❸ 作者先寫人的性情各有不同，自當各有其快樂之時。但是，當他們厭倦了所追求的東西時，感慨就往往隨之而生。況且人的壽命長短亦須由上天安排，因而對人生的無常感到痛心。

❹ 作者先提出「每攬昔人興感之由，若合一契」，指自己讀到古人所感慨之事，往往是同出一轍的，大都跟時光飛逝、生死無常有關。因此他認為，後人看到這篇《蘭亭集序》之時，也會有同樣的感慨：慨歎王羲之一代的人早已逝去，始終逃不過生死之大限。

滕王閣序（節選）

❶ 「時維九月，序屬三秋」點明了這是秋天的第三個月；
「潦水盡而寒潭清」一句中，作者寫地面的積水已乾，帶出秋天乾燥清爽的特點；
「秋水共長天一色」亦有點明季節為秋天。

❷ 「桂殿蘭宮」指宮殿以桂蘭之材建造，突顯宮殿之華貴；
「披繡闥，俯雕甍」，前句描畫華麗的閣門，後句寫雕鏤的屋脊，均突出了滕王閣雕繪之美。

❸ 作者先寫從外面遠觀滕王閣，寫他乘車馬來到滕王閣的長洲，指閣的四周為翠綠的山巒，樓閣高聳入雲。滕王閣四面環水，四周有沙洲、島嶼環繞，宮殿依山而建；
及後，作者寫自己登上滕王閣，描繪登樓可見之景。首先映入眼簾的是山野和川澤，繼而看到附近富貴人家的房子，再這一點則可見渡口的巨大船隻，及後再寫落霞與秋水的黃昏景致。

❹ 此聯寫水天相接，上下渾然一色之美。落霞是漸降的，孤鶩則是向上飛升的，兩者互相輝映，下句則寫秋天與長天互相映照。這句除了是上下句為對偶外，句中的「落霞」對「孤鶩」，「秋水」對「長天」，亦可說是當句對，可見其用字之妙。

師說

❶ 作者在篇首點明「古之學者必有師」，指出自古以來求學的人皆從師，老師是不可或缺的。
繼而點出老師的任務為傳道、授業、解惑，以確立老師之職責。
再指出每個人並非生下來就明白所有道理，必定會面對疑惑，因此人人均有從師之必要。

❷ 作者認為「古之聖人」在才智上本已非常出眾,他們尚且從師,故聖人越發聖明;

「今之眾人」在才學方面遠遠不如「古之聖人」,卻認為從師是可恥的,因而越發愚昧。

❸ 「句讀之不知」和「惑之不解」本身是「不知句讀」和「不解惑」的倒裝句;

「句讀之不知」對應「或師焉」,「惑之不解」對應「或不焉」。整句應解作:不明白句讀,尚且會從師;對於求學上疑問之不解,卻不從師。可見本句在句法上有特別的安排。

❹ 「是故無貴無賤,無長無少,道之所存,師之所存也。」指出只要有道,就可以成為老師,沒有貴賤、老少之分。

「是故弟子不必不如師,師不必賢於弟子。聞道有先後,術業有專攻,如是而已。」師生之間不存在誰比誰好的問題,因為各人的經歷、專業各有不同。

始得西山宴遊記

❶ 因為作者表示他與同伴不時上高山、入森林、走訪溪流的源頭,又探索各種各樣的幽泉怪石,而且「無遠不到」,因而認為永州的奇山異水都已經遊覽過了。

❷ 「遂命僕人過湘江,緣染溪,斫榛莽,焚茅茷,窮山之高而止」記述了作者登上西山之經過;

這組句子運用了排比法,用短句作為排比句式,可以令行文節奏更為明快,讓讀者彷彿跟從作者一步一步過河、沿溪而走,又在路上伐木焚草,直至登上山頂為止,有如親歷其境。

❸ 可以看到永州及鄰近數州的景色,在山上又可以飽覽其下「岈然窪然」的小山及山谷。山下的綠樹與河流,一目了然,遠望地平線與天相連,視野廣闊。

❹ 作者感到「悠悠乎與灝氣俱，而莫得其涯；洋洋乎與造物者遊，而不知其所窮」，他覺得自己跟大自然融為一體，彷彿可與天地間的灝氣及造物者同遊。「悠悠」及「洋洋」均點出了作者的欣悅之情。

作者即使看到暮色已至，天色已黑，還留在山上，不忍離去，可見作者相當喜歡西山之景。

「心凝形釋，與萬化冥合」點出作者的心只集中於欣賞美景，而形體就因精神的放鬆而得以「釋」，感到無拘無束。

以上三項均為作者遊西山後之所感，這與文章開首寫自己「恆惴慄」的樣子完全不同，可見西山美景已洗滌他的身心，從被貶的失意中暫得釋放。

阿房宮賦

❶ 作者先點出「五步一樓，十步一閣」的樓閣分佈，再以走廊和簷角的描寫，突出宮中樓閣的建築特色。「勾心鬥角」一語生動地點出樓閣重疊交錯、對峙並列的面貌，因「勾心」指屋角伸向高處樓閣的屋心，而「鬥角」則指屋角並列。另外，作者又以「蜂房」、「水渦」突出樓閣密集而迴旋的形態，具體生動。

❷ 作者用了誇張手法，如寫妃嬪打開妝鏡之時，四周有若星光閃耀；寫渭水漲起一片油膩，是因為她們倒掉胭脂水；若見宮殿煙霧瀰漫，則是因為這些秦國宮人焚燒香料，極盡奢華、浪費。

❸ 文中的「收藏」、「經營」、「精英」均指六國的金銀財寶，作者欲點出六國亡國以前，掠奪國內百姓財物，沒有愛惜人民，為下文「滅六國者，六國也」埋下伏筆。另外，作者也藉六國統治者與秦始皇的惡行加以比較，諷刺秦的揮霍更在六國以上。

❹ 作者在本段用了六組句式相同的句子，並用了六個「多於」在句子之中。作者在句中刻意將阿房宮建築與娛樂之所需，與平民百

姓接觸的日常事物作出對比，並以六個「多於」突出百姓在秦始皇窮奢極侈下所受的欺壓，從而帶出百姓的不滿，藉此諷諭秦始皇的荒淫無道。

六國論

❶ 作者先在文章首段點出，六國破滅的主要原因是「賂秦」，而其他「不賂秦」的國家亦因而受到牽連。

其次，作者說明「賂秦」之國——韓、魏、楚割地事秦的情況，分析這些國家因「賂秦」而導致國力愈來愈弱，終至覆亡。

及後作者就「不賂秦」的齊、燕、趙進行討論，指出這三國在對秦國策上的失誤，加上沒有另外三國的支援，最終相繼滅亡。

最後，作者先就六國破滅的歷史作出總結，並暗指有「天下之大」的北宋不應重蹈六國賂秦的覆轍，借古諷今，總結全文。

❷ 作者在第二段指出，韓、魏、楚三國「今日割五城，明日割十城」，以「今日」、「明日」極言割地之頻繁，又以「五城」、「十城」突出割城數量之多。可是，三國只得「一夕之安寢」，秦兵轉眼卻又在邊境駐紮了，可見秦的野心無厭。因此這三國國力愈來愈弱，終至亡國。

❸ 齊：親附秦國而不幫助其餘五國，五國滅亡後，自然無力抗秦。

燕：燕太子丹派荊軻刺秦王，因事敗而遭秦王報復。

趙：趙王聽信讒言，殺害良將李牧，軍事形勢急轉直下，終被秦吞併。

❹ 作者欲指當時北宋為統一的國家，比處於分裂局面的六國應更具優勢。如果在這樣的情況下，北宋統治者還像戰國時代的韓、魏、楚三國一樣，對遼、西夏這些外敵奉行妥協苟安的政策，令國家走上破亡之路，這可說是比六國更不如了。

遊褒禪山記

❶ 説明為學習須慎思明辨，要對事物有深入而清楚的認識，不應人云亦云，回應文末「學者不可以不深思而慎取之也」一句。

❷ 他認為他們所到之處不夠深入，只達好遊者的十分之一。

在他們所到之處可見的題字已經很少了，與「前洞」相比，這明顯是個比較難以深入的地方。前文提及「入之愈深，其進愈難，而其見愈奇」，證明此洞有值得繼續探索的價值。

且作者感到自己當時體力尚足，火把亦足以照明，這次卻因有同伴想出洞而隨之而出，未能興盡而返，感到後悔。

❸ 須有志、有力，不要受怠惰的人影響，而且有輔助之物的配合。

❹ 我曾經喜歡彈結他，因此花了不少零用錢，購買一把結他回來，然後日夜苦練。可是學業太繁重，未能兼顧，加上後來發現自己只是「三分鐘熱度」，所以最後把結他丟在一旁，結果現在已經忘記怎樣彈結他了。我感到十分慚愧，如果我當時肯努力學習下去，相信現在可以彈得一手好的結他來。因此我非常認同王安石所説，不論是做學問還是做事情，我們應該要有志、有力，以及可以輔助的工具呢！(言之成理即可)

前赤壁賦

❶ 作者先以「一葦」形容小船，指小船好像一片葦葉似的，隨水漂蕩，突出當夜泛舟江上自由自在之感。小舟在江面上隨水漂流，彷若在太虛中乘風而行，而不知最終止於何處。作者在舟上更感到飄飄然如脱離塵世，悠然自在之感讓他覺得自己化身為仙人。

❷ 作者先以「嗚嗚」擬聲，突出洞簫聲予人憂傷之感。

及後作者又用了不同的比喻，形象地刻劃洞簫聲給人哀怨、戀

慕、哭泣、傾訴之感。

作者又用了誇張手法，指餘音可以引來幽谷中的蛟龍起舞、令孤舟中的寡婦哭泣。作者結合不同手法描寫洞簫聲，其音之哀變得更形象、更實在。

❸ 作者以水與月之變化回應客人，帶出「變」與「不變」之道理。

他先指江水彷彿滔滔不絕地逝去，但卻一直沒有中斷，因而可說是「未嘗往也」；又指月亮每月經歷圓缺，但其實並沒有增減。

因此，如果只着眼於「變」而言，則天地每一刻都在變化；若由「不變」的角度去看，則萬物生生不息，從宏觀的角度而言其實是不變的。

作者從而回應了客人不必有「羨長江之無窮」、「抱明月而長終」的願望，他認為變與不變只在乎從哪個角度看事物。

為了安慰客人，作者又由水與月入手，指「江上之清風」、「山間之明月」均是造物者予人的無盡寶藏，應該好好享受，從而令客人得到寬慰。

❹ 以「縱一葦之所如，凌萬頃之茫然。浩浩乎如馮虛御風，而不知其所止；飄飄乎如遺世獨立，羽化而登仙」為例：

本句寫小舟如一片葦葉，突出小船輕巧而細小的感覺，與下文的「萬頃」江面形成對比，形象生動；

另本句多用疊詞，「浩浩」突出了浩大廣闊之感，而「飄飄」又強化了飄然飛仙的感覺，同時又加強了文句的節奏感。

項脊軒志

❶ 作者先解決軒內滲漏的問題，令屋子不再出現掉土和滲水；

繼而又在前方開了四個窗戶，又在小屋的四周築起圍牆，以反射陽光，令室內明亮起來。

❷「然余居於此，多可喜，亦多可悲。」

這承接前文有關改建屋子而感可喜之事，同時開啟下文有關項脊軒內外發生的不快事：叔伯分家而在軒外院子建起不少門牆，憶起母親對兒女的關懷、祖母對自己的期許，還有妻子昔日與自己共處的片段。上述幾項，均為作者感到可悲之事。

❸ 祖母有一天來看作者，看到他安靜讀書，出門時自言自語說「兒之成，則可待乎」，表現出對作者的期許；及後祖母又將其祖父太常公在宣德年間所用的朝板交予作者，可見祖母對作者的疼愛和寄望。

❹ 作者以種植枇杷樹之事作結，指枇杷樹乃在妻子去世之年所種，如今已長得非常茂盛，表達出一種物是人非的感歎，還有對昔日共處時光的懷念，令全文結尾餘音裊裊。